我自故乡来

王瑞文散文集

WOZI

GUXIANGLAI

王瑞文 著

敦煌文艺出版社

图书在版编目（ＣＩＰ）数据

我自故乡来：王瑞文散文集 / 王瑞文著． —— 兰州：
敦煌文艺出版社，2022.06
　ISBN 978-7-5468-2114-6

　Ⅰ．①我… Ⅱ．①王… Ⅲ．①散文集－中国－当代
Ⅳ．① I267

中国版本图书馆 CIP 数据核字 (2021) 第 238442 号

我自故乡来 ：王瑞文散文集

王瑞文　著

责任编辑：张家骝
编　　辑：马吉庆
装帧设计：吉　庆

敦煌文艺出版社出版、发行
地址：（730030）兰州市城关区读者大道 568 号
邮箱：dunhuangwenyi1958@163.com
0931-8121069（编辑部）　　　　0931-8773112（发行部）

天津旭丰源印刷有限公司印刷
开本 787 毫米 ×1092 毫米　1/32　印张 8.5　字数 200 千
2021 年 6 月第 1 版　2021 年 6 月第 1 次印刷
印数：1 ~ 4 000

ISBN 978-7-5468-2114-6
定价：58.00 元

点亮心中的灯盏

—— 序王瑞文散文集《我自故乡来》

陈学仕

　　瑞文供职于供电公司，是一位名副其实的"光明使者"。他在散文《电灯》中详细抒写了自己和电的缘分：小时候，总是"幻想着有朝一日能像城里人那样活着"，大人们说"城里人就是楼上楼下，电灯电话"。初中毕业填报志愿时"忽然想起十几年前对电灯光亮的迷恋，就毫不犹豫地填了兰州电力学校"。后来从兰州电力学校毕业被分配到金昌供电公司工作，成为一名为他人和社会输送"光明"的干部。

　　对电灯光亮的迷恋，点亮了瑞文心中的灯塔，也伴随着他的成长，促使他锲而不舍地努力，实现了自己的理想。他说："远方的大姑姑家通了电，晚上十五瓦的灯泡犹如星星点灯，点亮了我被煤油灯熏得暗淡的幼稚思维"。这让我想起《山海经》中那位拄着拐杖、朝着太阳不停追赶的夸父。他跑啊跑啊，渴了就喝，喝完了接着跑，一直向着光明所在的地方。有人认为夸父追赶太阳渴死在半路上实在不值得，而汪因果先生则认为我们"中国人的祖先是地地道道的理想主义者，而夸父，则是中国人当中第一个为了纯粹理想而英勇献身的人"。瑞文他那股子追求光明不停息的精神，我觉得像极了夸父。而他对电灯光亮的迷恋，代表了几代人对幸福美好生活的向往。瑞文在《电灯》中还写到他小时候对城里人生活的幻想"起因于大人偶尔流露出的无奈和羡慕"，但是后来村里拉电，"苦等了三个月，人全走了，电没有进村"，这只是别的村拉电"线路打我们村经过"。本村不能通电的无奈和失望令瑞文感到沮丧，但爷爷"有本事你就考上某某学校，城里夜不关灯，让你看个够"的批评进一步激励了瑞文的决心和毅力，他从此"不再在煤油灯下打瞌睡，不再逃学，小学毕业时以优异的成绩考上了初中"。待初三预选考试结束，瑞文和另外两名同学觉得考上中专或师范应该不成问题，就冒雨步行去二十公里外的地方买去天水的车票，原因是"我们三个没有去过天水市，但知道远方天空中发亮的地方就是天水"。

"远方天空中发亮的地方"就是瑞文心中的圣地，是三个小伙子乃至更多人心中的梦想；而天水是离他们家乡最近的"大都市"，由此集中了他们最美好的希望与追求。如今，瑞文年少时"幻想着有朝一日能像城里人那样活着""城里人就是楼上楼下，电灯电话"的生活理想早已经实现，而且还大大地超出了预期。我们的生活被各种漂亮耀眼的灯盏照射着，家里有吊灯、壁挂灯、台灯，霓虹灯闪烁的夜晚比星星点灯的过去妖娆千倍万倍。但当我们蓦然回首之时，却不禁想起，老子在《道德经》中所说："五色令人目盲，五音令人耳聋。"我们这一代人乃至几代人，对此都有深切的体会和感受。正如一座深山的寺庙中刻着这样一副楹联："殿堂无灯凭月照，庵门不锁待云封。"山中高僧空明澄澈的心境与天光云影浑然一体，内在的丰富的精神世界削减了对外在的物欲的追求。瑞文他始终紧握手中的笔，抒写自己的内心感受，他要在自己的心底留住心中的故乡。

"君自故乡来，应知故乡事。"瑞文饱含着对故土的深情，为我们展示了故土旧事、故人音容、童年趣事和昔日风物，读来备感亲切。瑞文记忆中的家乡，如陈年老酒般历久弥新，心中的往事已经化作一缕馨香存留于记忆的最深处。瑞文心目中的故乡，早已成为他精神的一片故乡。

瑞文的老家清水县，为文化历史名城天水所治。天水就是前面提到的瑞文所写的"远方天空中发亮的地方"，是华夏文明和中华民族的重要发源地，伏羲文化、轩辕文化、大地湾文化、先秦文化、三国文化等重要的人文历史遗迹汇聚于此，享有"羲皇故里""娲皇故里""轩辕故里"等美誉。瑞文从小便深受中华传统文化的熏陶，散文《秦腔》便是这种熏陶的例证。过去，乡下的秦腔演唱很简单，条件简陋，演员业余——每逢农历年："檩子椽子搭成架子，再以玉米高粱秆儿捆绑铺垫就有了走风漏气的戏台子，几位有秦腔基础的大姨大妈大爹大哥，穿戴上长袍马褂凤冠霞帔，呼啦啦大幕一开哇呀呀噢嗨嗨一吼，就如法炮制了一个个鲜活可爱的人物。"不但剧中的人物是鲜活可爱的，这些大姨大妈大爹大哥也是鲜活可爱的。试想现在农村乡下一到过年，人们除了抱着手机刷抖音玩快手、守着电视看肥皂剧，还会有谁有兴趣去认认真真地搭一个像模像样的戏台，还会有谁会兴致勃勃地联络左邻右舍演出一场腔调业余却又激情四溢的秦腔？

瑞文说：幼小的我看年年岁岁重复了又重复了的几本秦腔戏——知道了杨六郎忍辱负重诈死埋名忠诚勇敢舍家为国就是忠，知道了黑包公大义灭亲不畏权贵秉公执法两袖清风即为廉，知道了诸葛亮隆中三分天下赤壁破曹六出祁山七擒孟获就是智，知道了花木兰男扮女装替父从军关山征战巾帼凯旋即为勇……理解了为什么在炎热的夏季口干舌燥的劳动者会不惜气力漫山遍野地吼叫秦腔，理解了为什么家乡人不说"唱"秦腔而叫"吼"秦腔。

从瑞文的散文中，我们能够感受到一种精神的力量，忠、廉、智、勇这些民族文化的基因，通过大姨大妈大爹大哥们的代代传唱，在民族的血液中汩汩流淌。透过这个"吼"字，我们的眼前浮现出黄土地上"一个个弯腰屈背挥汗如雨的身影"，我们的内心激荡起民族基因深处那股和命运抗争的生生不息的力量。

我们能够从他的散文中读出真性情，读出喜怒哀乐，读出人间真情。在《回味悠长说苦菜》中，他写到小时候和小伙伴们带上菜铲，挎上竹篮，兴致勃勃奔向田野挖苦菜的欢乐，以及苦菜"先苦后甜，回味悠长"的独特韵味。在《过年的记忆》中，他写到各种丰富的事情和乐趣，尤其让人印象深刻的，是孩子们等大人杀了猪，把猪尿泡吹成皮球踢来踢去玩耍，"将吹圆的皮球踢瘪，踢瘪了再吹圆，如此反复，冻得脸蛋通红，吹得嘴唇紫黑，玩得不亦乐乎"的情景。可以肯定的是，那时候的孩子们虽然没有什么像样的玩具，但他们的欢乐一点都不比现在的孩子们少。在《爱的浪漫》中，他写到在领结婚证前，爱人兰要他"表示表示"，他"买了一套《世界著名中短篇小说选》，在扉页上写上'赠妻结婚纪念'。兰发现后，欣喜异常，说这还差不多，有那么点'爱情'的味道"。在《好妻如歌》里，他和妻子回清水老家，途径兰州，在亚欧商厦前喝草莓汁，两人边喝边读阅报栏内的报纸，"蓦地，兰不顾睽睽众目，拦腰抱紧了我，两只眼睛直发亮，她指指阅报栏内《甘肃工人报》上我的一篇名叫《爱的浪漫》的文章，说没想到我那么爱她"。

在《清明时节忆二姑》中，瑞文写道：

自打我有记忆起，每年穿的鞋都是二姑姑一针一线做的，每一程人生路上，都有布鞋的浓浓亲情抚慰着我，让我明白自己应不负众望，成长为一个有人情味、有志气、有才气的热血男儿。

脚底的布鞋需要二姑姑一针一线来做，但正如瑞文所言，在"每一程人生路上，都有布鞋的浓浓亲情抚慰着我"，"一直到工作都带在身边，每每看见它，仿佛就看见二姑姑在煤油灯下纳鞋底的身影"。我、布鞋、二姑，以及一针一线，是紧密地联系在一起的，是通过人性和亲情联系在一起的，那一针一线，那在煤油灯下纳好的布鞋，早已成为我和二姑生命的一部分。在《麦场往事》中，瑞文也写下了类似的话语："农民的收获，在期待中变成了现实，麦场也就成了一段回忆。麦场离我们远去了，它不只是一段记忆，更像是一口碗，里面盛的是农民的汗水和喜悦，还有我童年的美好记忆。"

《我自故乡来》所写的世界，是一个物质十分匮乏而精神流动丰富的世界。文章并非是对岁月流逝中往昔生活的美化，作者忠实于青少年时期的生活经历和体验，而且毫不避讳乡村生活的艰辛、贫苦与尴尬，但难能可贵的是，作者的叙事中为我们展示了人性的美好和温暖，抚慰我们在工业社会中被日益物化的心灵。"羁鸟恋旧林，池鱼思故渊。"人类无论如何进化，恐怕还是会和羁鸟、池鱼一样，摆脱不了思恋故土的本能。毕竟我们的根深植于广袤的大地之上，无论钢筋水泥的大厦建得多高，人类和大地的联系是无法被切断的，人类和自己的精神故乡的联系更是无法切断的。

作为一名电力系统的干部，瑞文在工作之余笔耕不辍，尤其不忘一名文化人的情怀和抱负，拥有一个丰富而自足的精神世界，尤显可贵。希望瑞文随着阅历的丰富和知识的积累，创作水平不断提升。

陈学仕

（作者系甘肃有色冶金职业技术学院教授、金昌市作协主席）

序言

朱国海

文学作为企业文化的重要组成部分，在提升职工心灵素养，陶冶职工情操，凝聚团队精神，丰富精神生活方面能缔造出新的精神能源和审美价值，有着不可替代的作用。

看到王瑞文同志的《我自故乡来——王瑞文散文集》，我心头一亮。书中的文字，有天然去雕饰的原生态的情感流露，有电力工作生活状态的朴素描述，有寻常生活点滴思考感悟，有游览风景名胜的人文研究，有闲情偶寄的美学追问，有观照人生百态的独特发现。可以说，这些作品都达到了较高的文学水准，集中展现了王瑞文同志多年来的创作成果，为国网金昌供电公司企业文化建设增添了亮丽的一笔，可喜可贺。

　　文学创作需要一个良好的创作环境，国网金昌供电公司在优秀企业文化建设实践中为他的创作提供了良好的空间和强烈时代感的素材来源，给予了他必要的帮助，使他在工作之余沉浸在文学的氛围中，笔耕不辍。国网金昌供电公司是甘肃省电力公司文学协会秘书长单位，王瑞文同志作为文学协会秘书长，以扎实细致的工作和丰硕的创作成果为甘肃省电力公司和国网金昌供电公司文学事业的发展做出了积极贡献。

　　从他的作品可以看出，作为一名电力职工，他的生活底子、感情积累比较厚实，创作尊重自己的真实情感，能够从自己生活的朴素感知出发，写自己熟悉的乡土人情，写电力行业的发展变迁，写人间永恒的亲情。从散文《金昌之四季歌》饱含真情的笔墨中，能够感受到他对金昌这片热土一草一木的热爱和眷恋；在《秧歌队里的电力人》中作者将笔触探伸到他熟悉的电力行业和电力企业，游刃有余，读来亲切感人，过目难忘。

　　文学是人与生俱来的需要。在这个物质的时代，对文学梦想保持坚定的信仰和坚守，对精神生活保持孜孜以求的姿态是难能可贵的。每个受过教育的人从小都享受过文学的熏陶，做过有关文学的梦。但要在人生长河中，于工作、生活之余坚持文学创作，实在很不容易，酸甜苦辣，浸在其中。王瑞文同志二十六年的创作经历表明，只要我们矢志不渝热爱文学创作，并守得住寂寞，耐得住清贫，决心运用文学这一艺术形式表达对生活、对工作的热爱，诠释生命的真谛，演绎爱情的美好，并正确处理文学创作、工作和生活之间的关系，那么我们一定能够收获累累果实。

　　希望王瑞文同志《我自故乡来——王瑞文散文集》的出版，仅仅是个开始，希望爱好文学写作的职工，能够受到鼓舞和鞭策，从此点亮自己文学创作的梦想，并能够充分利用业余时间，用自己独有的语言和作品，歌颂熟悉的电力工业，这是职工思想道德建设的需要，更是企业文化建设的需要。同时，也希望企业相关部门要以不同的方式对从事文学创作的职工予以支持，共同营造有利于职工文学创作的良好氛围，为企业文化建设开拓更为广阔的领域。

　　最后，我引用郑板桥《竹石》赠送给王瑞文同志以及有志于文学创作的职工：咬定青山不放松，立根原在破岩中。千磨万击还坚劲，任尔东西南北风。我相信，被点亮的梦想必将在经年坚守的日子里，弥久愈坚，弥久愈美，映照丰富、宁静、悠远的企业文化百花园。

（朱国海　国网金昌供电公司总经理　党委副书记）

目　录
Contents

卷七

有感而发

卷一

永恒的亲情

书

缘

与书结缘，始于童年。上小学偶见小姑姑读《第二次握手》，出于好奇，偷来阅读，不料一发不可收拾，对小说一见钟情。无奈经济不许，只能买几分钱几毛钱一本的连环画如《三国》《水浒》《东周列国故事》等，虽少见丁洁琼与苏冠兰惊世高洁至真至诚的令人遗憾的爱情故事，但胸中添了许多历史知识，以后考语文写作文从未发愁过。上完小学，连环画积累满木箱，加上锁，心想，留给后代看吧，让他瞧瞧为父幼时何等好学。上了中专，宁几日喝开水啃干馒头，书仍是要买的，真正"为伊消得人憔悴，衣带渐宽终不悔"。买得诗如《泰戈尔诗选》《普希金爱情诗选》等。小说还是我国的"四大名著"好，我最钟情的首推《红楼梦》。什么"意绵绵静日玉生香，情切切良宵花解语"，读来引人陶醉，字字若珠玑，情切情纯如阳春三月嫩雪。那时正十六七岁，可谓情窦初开，满腔的情爱全倾于小说和诗，为贾平凹的《浮躁》点烛蜷伏被窝至清晨七点，感动于"小水"的美丽温柔和女性特有的容纳一切的胸怀，赶紧起床，世界突变得清新可爱，初升的太阳同"小水"般吸引人，为学习而吃不饱饭的苦恼尽抛于尘沙习风中了。

书买多读多了，就有了书友，L君为其一。在校时常为一首诗一篇美文买一袋花生米泡一杯清茶畅饮至深夜，发展到后来同吃同住同读，不料天公忌妒，毕业分配"书燕"双分离，痛苦不已，旧情难忘，书信不断，长篇大论，情语绵绵，当然是对某首诗某本书的情话，如余秋雨的《文明的碎片》等，同为作品浓厚的历史感和余作家独特的语言魅力而惊叹、艳羡。

毕业后挣工资，买书不再为钱发愁，只要不抽烟喝酒，吃一般的饭菜，虽书价日益上涨，挤出买书钱较轻松，于是一本一本地买，一本读不完又买下一本。买书没了乐趣，买来书不激动、不珍惜，随便乱放，借旁人，还不还也从不过问，全然不像幼时为买连环画的两毛钱躺地哭滚半天，求大人给钱买得的觉得来之不易，异常珍爱，一本当作两本读，字字句句认真地读。古人说"书非借而不能读也"，是有道理的，但应附加一句"书易得不懂珍惜也"，这珍即为珍爱、珍读。

藏书不下500册，借书者众，男女皆有，室友W君谑谈借我书之女孩子"醉翁之意不在酒"，让我细寻归还的书内是否夹有"密条"，我尽皆翻遍，除卷折的书角，空空如也。他又说我痴，一借一还之间就有话可谈，有机可乘，有情可酿，何以至今仍孤家寡人？我苦笑曰："大凡今之女性，十有八九以书消遣装潢，只借书，不正看人，她对你钟情，不在乎你读书否，读过何书，只瞧你英俊否潇洒否，吾乃'先天不足'之人，岂敢奢望白天鹅的青睐，能屈就借我书，则荣幸之至哉。"W君亦喜读书，听罢我言，相视捧腹大笑，好不快活。

单身了一段时间，就遇到了后来成为我妻子的兰，兰不求我有钱有权，只需一点点浪漫。要求我给她写篇文章，那时候的我真的还没有发表过一篇文章。兰说古人都懂得"熟读唐诗三百首，不会作诗也会吟"的道理，你看了那么多书，只要多写，就会有质的飞跃。她包揽全部的家务，让我静心构思，妙笔出文章，无奈出息不大，数月晃走，投出的几篇稿子如泥牛入海。

巧的是那年携兰回清水老家，途经兰州歇住，傍晚我们徜徉亚欧商厦前，蓦地，兰不顾睽睽众目，拦腰抱紧了我，两只眼睛直发亮，她指指阅报栏内《甘肃工人报》上我的一篇叫"爱的浪漫"的文章，说没想到我那么爱她。我亦惊喜之极，我的文章终于发表了，而且是写给兰的，我俩一夜兴奋闲扯未睡。妻以后更支持我买书了，哪怕是四百块钱一套的《金瓶梅》。

领结婚证前，她要我表示表示。我买了一套《世界著名中短篇小说选》，扉页写上"赠妻结婚纪念"。兰发现后，欣喜异常，说这还差不多，有那么点"爱情"的味道。

书买多了，搬家时就成了累赘，但我舍不得卖或扔。每次装修房子，无论房子面积大小，总要先设计书架。没有书房，书架就打在卧室的一面墙上，晚上和书共处一室，看着书架上新的、旧的，自己买的或朋友送的各类书籍，好像是一位位良师益友，又似一双双眼睛盯着，我不敢有丝毫懈怠，继续买书、读书、写文章……在不断的创作中，我的写作水平不断提高，发表的文章也越来越多，但买书、读书的习惯没有丝毫改变。我想无论以后如何变化，今生与书的缘分已经结定，"山无陵，天地合，乃敢与君绝。"是我与书的"爱情"誓言！

清明时节忆奶奶

一年一度的清明节就要到了，在这令人伤感的日子里，突然不由自主地想起我的奶奶。

从小到大，我都生长在奶奶的眼皮底下，由奶奶带大，因此，虽然她离开我们十几年了，她的音容笑貌仍然会时刻闪现在我眼前，经常出现在我的梦里。

我出生在20世纪70年代初，那时候，农村土地还没有包产到户，每年到了春天，青黄不接，家里没有余粮，奶奶就带着我和姑姑们去陕西要饭。要饭中，晚上会没处住，奶奶就带领我们到麦场上过夜。将麦草铺在地上，睡在上面，抬头望着闪闪繁星，奶奶就给我们讲王宝钏寒窑苦守夫、陈世美忘恩负义、三娘教子等秦腔戏曲里面的故事，淳淳教诲我们做人要有情有义知恩图报。我们每每在她温婉的故事声中，甜美入梦，度过一个又一个在外要饭的夜晚。

到实行家庭联产承包责任制后，家里粮食够吃了，我们便不再外出要饭，我也到了上学的年龄。那时大姑姑已经结婚，她家生活条件好，我在大姑姑家一住就是半年，根本不想上学。奶奶十分着急，我从小喜欢养小动物，就哄我说捡到一只鹞子，等我回家养着玩。我信以为真，欢欢喜喜回家，却是一场骗局，他和爷爷便连拉代扯强行将我送到学校。此后，我感觉到很丢人，就再也没敢逃学，顺顺当当地开始了我的学习生涯。

奶奶希望我快点长大成才，奋斗到城里生活，小学时，每当我放上炕桌写字、读书时，她总是坐在炕沿上笑眯眯地看着我，给我讲老辈子私塾先生是什么样子，那时的书和笔与现在有什么不同，求先生写个春联或地契有多么难，鼓励我一定要好好读书。虽然有些过去的事我不能身临其境，表现为似懂非懂，但我从她的真实表情中深深体会到寄予的厚望。

奶奶是缠裹脚布的小脚老太太，行走不快，她总是骑上小毛驴，到十里外的地方赶集，为我买连环画和学习参考资料，那些张仪欺楚、孙膑庞涓的故事提高了我编故事的能力。同时，阅读了大量的课外学习资料，我的学习成绩一年比一年好，以全校第三的成绩考上了初中。

上初中，我住校。奶奶在一次下地干活过程中跌落崖下，摔成重伤，最终无法独立行走，只能借助拐棍。我一周回家一次，每次回家都要带上能够吃上一周的馍馍和酸菜、面粉等。每周星期六晚上，奶奶便拄着拐棍发一大盆面，第二天，她早早地到厨房开始烤锅盔。烤锅盔火候特重要，她怕别人掌握不好火候，从不让我和姑姑们帮忙，自己边翻转着锅里的锅盔，边往灶洞里面添柴火，等到七八个锅盔烤成，她已经灰头土脸，筋疲力尽，站立不稳。再到星期天我下午要返校，她总是拄着棍送我出家门，三番五次叮嘱要吃饱，说吃饱了才有力气学习，我望着已是满头银发的奶奶，忍不住泪湿双眼。

初中的生活一晃而过，我以全县第五的成绩考上了中专，终于圆了奶奶和家人的梦想，奶奶的付出也得到了回报。在我离家去兰州上学时，奶奶说还要等我工作、成家，为我带孩子。我也默默祈祷上苍能够帮助奶奶等到那一天。

往事点点滴滴，虽然都是些微不足道的小事，可是这蕴含着一位善良的老人对她的孙辈的厚爱，她用自己的言传身教引导着她的孙辈学会做人，做善良之人，走正路。她没有等到我结婚生子，她不知道她最疼爱的孙子已经是一个十八岁男孩的父亲了！我想如果奶奶在世看到我们现在的光景该是多么欣慰和高兴啊，作为她唯一的孙子，我为自己没能更多地孝敬奶奶而遗憾不已，我在心底里也无数次地呼唤奶奶，希望她在天有灵，能够感知她孙子的这份无尽思念和感恩之情。

我的爷爷是党员

2021年，中国共产党迎来百年华诞。一百年的历史长河中，一名名共产党员就是一朵朵浪花，共同铸就了党的光辉历史。回顾历史，畅怀过往，我会想起我的爷爷，他是一名普通的中国共产党党员。

从我记事起，就知道爷爷的右臂举不过肩，脱穿衣服都很不方便，但不知原因。姑姑说，爷爷当年是村支书，为了保护乡亲，右臂不幸骨折。

爷爷患有严重的风湿性关节炎，走路很慢，天阴或下雨时都会疼得只能借助一根木棍行走。姑姑说，有一年冬天，一位村民在水库的冰上行走，不小心掉进了冰窟里。等队上的人赶来时，爷爷已下水将他捞上来。可是，爷爷的腿却被永久性地冻伤了。

爷爷曾是生产队仓库保管员，腰里老系着一大串钥匙，走路叮当作响，成百上千斤的粮食经他的手被分到了每家每户。姑姑说，爷爷平反后就在队里仓库当保管员。有一年，家里没有吃的，奶奶央求他从仓库里拿些先应急，等夏天分了粮食再偷偷补上，爷爷说什么也不干。第二天，奶奶只好领着姑姑去讨饭。

后来因看守麦场和仓库，爷爷长年住在村东边那间名叫"场房"的黄泥小屋里。小屋旁有块闲荒地，爷爷松土浇水，种上一畦畦蔬菜，有辣椒、葱、甜菜、香菜。那个年代，田地全种粮，人们能吃上蔬菜是一种奢侈。可村里不管谁喊声："三哥，有菜没？"向来乐观大方的爷爷就会说："有，自个家掐去。"

爷爷干农活是行家里手。他摞的麦垛全村有名，如刀割般齐整，雨水无法渗入，全村人都十分佩服爷爷的手艺。爷爷经常手把手教村民摞麦垛，摞得又直又齐，能防雨又不倾斜倒塌。爷爷扬场也是好把式，无须借好风，他将一锨锨麦粒扬上空中，落下时，麦粒和麦壳自然分离。

爷爷一直承担教育我的责任。远方的大姑家通了电，晚上15瓦的灯泡犹如星星，点亮了我被煤油灯熏黑的暗淡时光。我在大姑家一住半年，爷爷叫我回家，我总是哭闹反抗。后来，爷爷鼓励我说，考上城里的学校可以看到不夜的城。爷爷的话点亮了一个乡下小孩的梦想。从此，我不再逃学，小学毕业时以优异的成绩考上了乡初中。初中三年后，我考上了兰州电力学校，毕业后从事电力工作，圆了儿时的梦。

爷爷经常给我讲党的故事。我了解到中国共产党为了民族和人民的利益，推翻"三座大山"，建立了社会主义新中国，也明白了党的宗旨是全心全意为人民服务。爷爷讲的故事几乎都是红色革命故事，比如董存瑞、黄继光、邱少云、刘胡兰的故事，还有红军长征的故事。爷爷是一名普通的农民，生在旧社会，生活给了他诸多磨难，但他总保持乐观的心态，积极的精神。他还教我背诵毛主席诗词，培养我对文学艺术的爱好。

父亲常年生病，爷爷在家里是顶梁柱。包产到户后，家里十几亩地都是他来耕种，我上学的所有费用都是他用种的粮食换来的。他累得腰弯了，须发白了，积劳成疾患了重症后，他还想方设法还清了家里的欠债。

那年，爷爷去世了。我一进门，见他静静地躺那里，身上盖着一面党旗，家人说旗子是村党支部送来的。我被耀眼的红色震撼，泪水盈眶，心中却渐渐平静。我默默注视着爷爷，懂得了什么才是真正的光荣。爷爷虽然是一名普通的农民，一生贫苦，但他的一生却是充实而有信仰的一生，共产党员的称号是他一生的自豪与荣耀。

好妻如歌

与妻认识到结婚总计半年时间，友人戏称"深圳速度"，我答之我们的爱情可是"冰冻三尺，非一日之寒"啊。

我在单位搞宣传，闲暇喜欢舞文弄墨奇思妙想，可生性疏懒，写得很少，兰说要加大管理力度，不断地锻炼，才能有质的飞跃。她包揽全部的家务，让我静心构思，妙笔出文章，无奈出息不大，数月晃走，投出的几篇稿子如泥牛入海。

携兰回清水老家，一路上她忐忑不安，不知如何打扮穿戴举止言谈才能在家人面前留下好印象，有似"妆罢低声问夫婿，画眉深浅入时无"。我笑劝曰：天然去雕琢，清水出芙蓉，就别将脸当画布了，到我们清水用清水洗脸即可使你貌比西施，肤白赛雪。兰哼了一声不再搭理我，依然我行我素。

途经兰州歇住，傍晚徜徉街头，秋风送爽，十分的惬意。亚欧商厦矗立于人潮车海，吸引着过往游客驻足上前，要两杯草莓汁，边喝边细读阅报栏内最新的报纸。蓦地，兰不顾睽睽众目，拦腰抱紧了我，两只眼睛直发亮，她指指阅报栏内《甘肃工人报》上我的一篇叫《爱的浪漫》的文章，说没想到我那么爱她。我亦惊喜之极，虽非处女作，但文章即像自己亲手抚养的亲子，咋看咋心疼，何况此时此地此情此景此心情下又是第一篇写给妻子的，道尽了她的优点和我对她的爱。我俩一夜兴奋闲扯未睡，妻也终于懂得我"内容重于形式"的辩证法，不再为回家的容貌而涂涂抹抹，东描西画了。

老家归来，兰也加入到我的行列中，开始笔耕，熬了几个晚上，她完成处女作《乐为天使》（妻在医院工作），投出后竟被《金昌报》登载，并收到责编的热情鼓励信，对她来说这是最大的幸福，我也为她而乐。兰整天歌声不断，身体上原有小疾也没了。我说："徒弟你大有青出于蓝而胜于蓝之势呀！"兰则回我一句："哼，谁说女子不如男！"可高兴没几天她撅起了嘴，原来她的同事朋友们都怀疑我从中帮忙，我说你多写多发表，让事实证明你。妻照办，除了吃饭睡觉上班，总不停地抄抄写写，熬夜苦思冥想，一段时间后她变瘦了。我提醒，她说要做到"衣带渐宽终不悔"才会"乘风破浪会有时，直挂云帆济沧海"哟！还真行，她将我安排的课程完成且背得烂熟。不久兰的第二篇作品《我爱我家》被《甘肃工人报》刊用，用事实再一次证明了自己，仅是作品中对我有点美化，真惭愧。

转眼与兰结成小家已三月余，虽偶有争执吵嘴，但更多的是沉浸在家庭的快乐温馨气氛中。齐坐小桌前，共灯夜耕，"虽不能挣大钱，但只要喜欢这份宁静自在，这就是幸福"。兰这么想，我亦然。有人说好女人是一所学校，但我想，她更应该是我人生中的一首歌。

走近天使

和兰恋上直至结婚后，逛医院便顺理成章地成为我生活的重要一部分，有了到公园般的愉悦心情，护士、医生、服务态度等一切的一切都成为我打量的对象，慢慢地以前对医院那种十分的不快也减了几分，对护士小姐们由惧而远之变为敬而远之，当然还未能爱而近之。

说敬之，因为护理工作很辛苦，劳动量大。兰先是一家医院的急诊护士，半夜三更遇有车祸或打群架受伤者一来就是十几二十个人，面对一个个血肉模糊的躯体，不能有丝毫的惊惶与害怕，分清轻重缓急迅速抢救危者，同时还得平心静气地聆听其他伤者的埋怨，整个夜晚就在痛苦的呻吟、无理智的辱骂和同死神的较量中度过。后来兰到手术室当护士，晚上七八点回家是常有的事，即使是星期天，半夜手术多了，来个电话，就得去加班，偶有大手术，中间不能吃饭，捂着厚厚的口罩在手术室一待就是七八个小时，呼吸着重重的来苏水气味，直到眼冒金星手术终了才以方便面充饥。轮上跑台子，一次大手术下来，少说累计够跑四五里路。每下手术台，妻拖一身疲惫回家，说她是劳身者，我是劳心者，应承包每天做饭，我笑着说自己理当做饭。当我看着兰疼痛的关节，因长期酒精浸泡干裂粗糙的手和日显憔悴的面容，我再也无法轻松潇洒地笑出来。

　　说远之，因为护士与病人心理上相隔很远，缺乏爱心。虽然近年抓行风整治，服务态度有好转，但这只是被动的好转，是被压出来的微笑，距离真正意义上的"生命的守护神""白衣天使"还较为遥远。有次看电视小品，一护士给老大爷打了保胎针且针头拔不出来，兰表示不满，认为太夸张有损护士形象。我半开玩笑劝说："有则改之，无则加勉嘛，你敢说对病人就像对待亲人生病一样？你敢说每例手术都尽职尽责了？亲爱的吆，革命远未成功，同志仍需努力，快去为你们全新的形象而奋斗吧！"

爱的浪漫

　　未婚时，常幻想着将来的妻娇小玲珑，等有了妻，仔仔细细，上上下下看看，咋都不似往昔梦中的。妻不漂亮，但可爱，她二十有二，童心犹存，很多时显得甚是顽皮。

　　恋爱时，我说："嫁给我吧，兰！"她硬要我想出个独特的求婚方式，直到她满意，否则不答应嫁我。抱头苦想数日，终想出几种方案让兰选择，写首诗、买小艺术品、送束玫瑰花等。兰听后摇头叹息，说方法单调、乏味没新意，叫我再充分发挥想象力。我采束玫瑰色的带露野花，写首诗挂于花上，双手捧花，扬起不很高贵的头颅，圆睁双眼，表情严肃，用领导在重要场合讲话的口气："亲爱的，嫁给我吧，经多方考证，慎重考虑，我认为娶你为妻是最佳选择。"说罢单膝着地,熄电灯,点亮二十六根红烛,和着录音机吼起王洛宾《达阪城的姑娘》,当然词是现编的。气氛好似回到了春天,兰忍俊不禁,春天遇风般笑倒在床上,我趁机将2.28克的戒指套在她的无名指上说:"戒指虽太小,但以现下流行的说法——'俩发发',很吉利的!"兰娇柔羞怯地咬着我的耳朵"唉,没办法,就嫁给你吧,谁叫你很丑但很温柔呢!"

兰不求我有钱有权,只需一点点浪漫。领结婚证前,她要我表示表示。我买了一套《世界著名中短篇小说选》,扉页写上"赠妻结婚纪念"。兰发现后,欣喜异常,说这还差不多,有那么点"爱情"的味道。她还要我每天给她写首诗,我就像小学生,天天桌前静坐写作业。结婚前一月疏于筹备写诗,妻不悦,说我心里根本没她,要不咋忘了那么大的事呢?我立即满脑苦苦搜寻那些让贾岛消瘦、李白醉酒、泰戈尔长寿的诗句,妻则泡杯香茶递面前,静看我一撇一捺,嘴一张一合,汗水一滴一滴,间或窃笑两三声,很温柔很体贴地说:"不用急,不用忙嘛,爱情的道路不是一帆风顺的,不就写几句诗吗,够便宜你了。"我只能抱以两声长笑,浪漫写一回了。

兰不仅顽皮而且顽固。第一次带我去她家,家人不太看得上我,好像嫌我个子不高,样子不好,身子不胖,跟他们女儿不配。兰尽力为我开脱,顽固地夸张地一遍遍列举我全部的优点,费尽了口舌,终于改变了家人的态度。有妻若此,叫人怎能不喜爱她。人云婚姻是一座城,城内的人都急着出来,我则不这样认为,顽皮而精灵般的兰永远是我城内看不够的风景。

清明时节忆二姑

　　我父亲姊妹四人，仅父亲一名男子，故而我有三个姑姑。最让人痛心的是二姑姑英年早逝，二姑姑对我的好，对我成长的帮助，一桩桩，一件件，至今难以忘怀，历历在目，仿佛就在昨天。

　　儿时的记忆里，曾在二姑姑家长住过几次，躺在二姑姑的炕头，吃着姑姑为我特意做的饭菜，和他们村里的小孩玩斗鸡、推铁环、打沙包，自由自在地在村里玩，玩到姑姑扯着嗓子满村子喊我吃饭，我才意犹未尽地回去。

　　二姑姑是个地道的农村妇女，她人很勤快，家里的苦活累活都抢着干，一有空闲就和左邻右舍对门子的农妇们扎堆，边说话边纳鞋底。二姑姑纳鞋底精巧细致，一针一线都很密实，一个月的空闲时间纳的鞋子成六七双，做好放进床柜里。

自打我有记忆起，我每年穿的鞋都是二姑姑一针一线做的，每一程人生路上，都有布鞋的浓浓亲情抚慰我的创伤，让我明白自己应不负众望，成长为一个有人情味，有志气，有才气的热血男儿。穿着二姑姑做的布鞋，就时刻告诉我，什么叫辛苦和果实，什么叫希望与出息，直到上了中专，到了省城学习，我还喜欢穿她做的布鞋，但是由于水泥路面对布鞋的鞋底磨损较快，就慢慢地不穿了，将它珍藏在行李包里，一直到工作都带在身边，每每看见它，仿佛就看见二姑姑在煤油灯下纳鞋底的身影，催人奋进。

二姑姑见我身体单薄，个子小，不是一个务庄稼的料，十分担心我的未来，经常絮叨我要好好学习，只有学习好，考上了学校才有出路。时不时给我一块两块钱，让我买参考书、订阅杂志，或者买点灯的煤油。印象最深的是二姑姑给我的钱，我订了《中学生数理化》等杂志，我做了其中刊载的大量的练习题，提高了我解题的能力，拓宽了思路。特别记得，我中考那年数学有一道题就是一期《中学生数理化》杂志中的，受益匪浅，也很幸运，我答对了那道题。

后来，我在外地参加了工作，爷爷和父亲相继去世，家里只有奶奶一个人，为了不给我添负担，同时也是对老人的孝敬，二姑姑将奶奶接回了自己家赡养，虽然经济比较拮据，但从不向我要钱，一直到二姑姑生病去世。

二姑姑走了，带着对我们的爱，留下了她为我做的点点滴滴，在我的心中播下了爱的种子：爱自己的父母，爱自己的晚辈。我会像姑姑一样，也让他们感受到我对他们的爱，这也是我对二姑姑最好的怀念吧。

同学

　　同学是一段缘，同学是一生情，同学之情是那样的无私，那样的单纯和美好，令人终生难忘。

　　L君是我小学同学，也是同桌。他腿残疾，拄双拐才能行走，学习一般，但爱读课外书。那时候，能见到的课外书很少，他有些藏书，也就能和同学们相互交换着借到各种小说和连环画。我近水楼台先得月，跟着他阅读了《呼延赞出世》《黄继光》《三姊妹》等不少小说，渐渐地喜欢上了阅读，成了半辈子都无法割舍的爱好。小学毕业时，他将《黄继光》送我做留念，如今他的名字我已经不记得了，但我们共同度过的快乐的借书读书的时光仍然记忆犹新。

　　云和我同村，初中时同学。我们经常在学校和家之间的十里蜿蜓崎岖的路上，相互帮着提沉重的面、馍馍和酸菜；经常在赶夜路上学时齐声一遍一遍唱着《年轻的朋友来相会》《妈妈的吻》《幸福在哪里》等当时的流行歌曲为自己加油鼓劲，驱走恐惧；经常在煤油灯下一起为解一道难题而苦思冥想至深夜；经常在饭票不够时，相互借着度过艰难岁月。初中毕业中专预选考试结束的那天，在得知我预选上了，他没有预选上后，仍然克制住失望，替我高兴。我们最后一次肩并肩唱着歌走完了十里长路，相约以后常相聚。后来我在外读书和工作，再没有见过他，但至今无法忘记他，无法忘记我们曾经睡过一张床板，无法忘记曾经同吃一块馍，无法忘记曾经同唱一首歌，无法忘记我们曾经的美好又苦涩的少年时光……

国是我上中专时的同学，性格外向、乐观。学校时生活拮据，饭菜票不够用，我和他便将两个人的饭菜票合在一起，做好计划统一支配使用，两个人一起买饭菜，一起吃饭，每顿饭只买一个菜，节约一个菜的钱，这样，饭菜票勉强可以维持一月。就这样，艰难地度过了四年时光。国也很爱读书，我们经常互相交换着看书。在中专读的第一套书是《天龙八部》。晚上宿舍熄灯后，我们被书里离奇的侠客故事所吸引，无法入睡，借着楼外工地上的灯光，彻读一夜，等翌日朝阳初升，我们如武侠中被输入了真气的武林高手一般，功力大增，气昂昂出现在操场上锻炼，又开始了美好的一天。如今，跟国时常通通话，回忆回忆过去，慨叹这辈子相互遇见真好。

一晃眼中专四年结束了，我们一夜之间各奔东西。解开尘封的往事，我依然怀念曾经在停电的夜晚，跑到对面的桃树林里疯玩，回来时学校的大门已经紧锁，我们像夜行者一般，悄悄地翻进院内，又悄悄钻到寝室；怀念曾经三更半夜爬起，躲在天台上看流星雨；怀念曾经为一场国际赛事在国内的成功举办，敲瘪了脸盆；怀念室友们从家乡带来的可口小吃；怀念不复来的最美年华、曾经的青春岁月……

中专同学四年一次同学聚会，大多数都能见着。而小学和初中时的同学大多数分别后很少见面。

一次在兰州西站候车。三十年未见面的初中同学G君认出我来，我们高兴地互留了电话，后来电话经常联系并在兰州小聚，互叙同学情，真乃是人生一大快事。后来一次到天水疗养，三十三年未见面的初中同学玉从微信朋友圈看到我到了天水，电话联系我们小聚，我们共同回忆曾经住校的艰辛生活；回忆曾经沉重而充满希望的三年学习；回忆带给幼小心灵恐惧的回家的漫漫长路和茫茫黑夜；回忆因中专考试而首次进县城的兴奋和不安。虽然相聚只短短一小时，但感动的是容颜虽老，同学之情没变，依然甘醇如当年。

一声同学最亲，一生同学最懂，即使远隔千里，心还在一起。

同学是一段缘，同学是一生情，向所有同学道一声，待再相聚，我们高歌一曲，茶酒言欢，把友情共叙。

难忘师恩

　　近日，观看中央电视台《等着我》大型寻人节目，有一双腿残疾者，寻找自己小时候的老师，是那位老师"你可以自己养活自己"的鼓励的话语，使他从小努力学手艺，自强、自立，结婚，生育儿女，过上了比正常人都幸福的日子。最终，她如愿以偿，找到了分别几十年的老师，见到已退休的老师，他当面感谢老师当年的激励和谆谆教诲，看着他们见面互叙师生情的感人画面，不禁感慨唏嘘，想起我小时候的郭老师。

　　郭老师，不是我们刘尧村人，他调来我们村小学当老师，是在我五年级的时候。

他教我们语文课，上课没有教案，不带课本。他讲课从来都是凭记忆，一课一课来讲，所有的课文，所有的习题，都好像刻在他的脑中，从不出现差错。他讲语文课不像许多教师那样照本宣科，而是参考好多课外书籍，旁征博引，引人入胜，听他讲课是一种享受，每一课都深深地印在了我当时知识贫瘠的脑海中：《桂林山水甲天下》让我向往那如梦如幻的人间仙境，《少年闰土》令人对闰土逃不脱父辈们窠臼的未来而感到惋惜，《卖火柴的小女孩》那被黑暗和寒冷裹挟着的小女孩真叫人心疼……

郭老师颇通音律，在他之前，我们没有上过音乐课。他来了后，教我们唱《在希望的田野上》《年轻的朋友来相会》等歌曲，特别是教唱的秦腔《三滴血》选段，至今我都会哼唱，听秦腔也成了我一生的爱好。如今离开故乡三十年了，每每听到秦腔高亢激昂的曲调，我仿佛又回到了那熟悉的黄土垣，回到了熟悉的家乡人喜看秦腔，喜唱秦腔的氛围里，魂牵梦萦。

五年级很快就过去了，初中要到离村十里的乡中学去上。那时候，上初中也是考试录取，我们班25个人，只有8个同学考上了初中，我也如愿上了乡中学。唯一遗憾的是和郭老师就要分别了，从今往后再也没有机会聆听他的语文课和音乐课了，叫我不得开心颜！

秋季中学开学，我被分到了初一三班。令人想不到的是，第一节语文课，郭老师走进了教室，以我熟悉的教课方式开启了我的初中生活。原来，他也调到了乡中学，我心中暗喜，缘分啦！

初中的生活清苦而艰辛。我住校，每一周回一次家。住校生的宿舍是一座破旧的平房，窗户上没有玻璃，用一片片塑料纸遮风挡雨。到寒冬腊月，刺骨的寒风如入无人之境，冲破塑料，穿透每个学生的衣服，将寒冷卸在一个个稚嫩的身体上。住校生住的床是大通铺，三个人睡一张一米左右宽的床板，为驱寒，每个人都准备了医生输液用的空盐水瓶，里面灌满热水，睡觉时，放在脚下，暖流会传遍全身，才能酣然入睡，度过一个一个寒夜。难以忘记的是，每天晚上十点后下自习，住校生就提着空盐水瓶，找熟悉的老师要开水。每到这个时候，郭老师会将煤炉子烧到最旺，灌一大铁壶水，给班里住校的同学烧开水。郭老师一边和同学们谈论白天的课文，一边等着水开。等到十几个人都怀抱着滚烫的水瓶离开后，他才开始在灯下批改作业，准备第二天的课程。

日子总过得太快，中考如期而至。在中考前一天，我感冒了，头疼眼花，天旋地转，没有去上课，在宿舍躺着。郭老师知道后，让同学们扶我到他的宿舍，给我吃了药，安顿我说，睡一觉就好了。果然，一觉醒来，感冒症状全部消失，我庆幸自己遇到了郭老师，我也庆幸自己能够顺利参加考试。

中考结束后，郭老师叫我到他宿舍，他说师生一场，没有其他好给我的东西，给五斤全国粮票，也许今后用得着。我带着五斤粮票，带着对老师的不舍去省城上中专。至今三十年过去了，我再没有见过他的面，也再没有一点他的消息。郭老师是一名普通的教师，但对我来说就是最好的老师。他在最恰当的时刻给予了我们关爱，在传播知识的同时，他传播着爱与智慧的温度。但愿有朝一日，众里寻他千百度，他的身影却在灯火阑珊处。

卷 二

艺术与人生

秦腔

秦腔，很古老了。

我喜欢古老的秦腔。

同龄中人，谈及看秦腔，皆戏言犹如受罪，我却不然，因为记忆中，小时候村子里过农历年，年年都会演大戏，也就是演秦腔。檩子椽子搭成架子，再以玉米高粱秆儿捆绑铺垫就有了走风漏气的戏台子，几位有秦腔基础的大姨大妈大哥大爹，穿戴上长袍马褂凤冠霞帔，乎啦啦大幕一开，哇呀呀噢嗨嗨一吼，就土法炮制了一个个鲜活可爱的人物。那时，我听不懂秦腔的唱腔，总嫌咿咿呀呀拖得太慢，只是对剧情感兴趣，当故事来看。幼小的我看年年岁岁重复了又重复的几本秦腔戏——知道了杨六郎忍辱负重诈死埋名忠诚勇敢舍家为国就是忠；知道了黑包公大义灭亲不畏权贵秉公执法两袖清风即为廉；知道了诸葛亮隆中三分天下赤壁破曹六出岐山七擒孟获就是智；知道了花木兰女扮男装替父从军关山征战巾帼凯旋即为勇……

我不仅喜欢听秦腔，还喜欢唱秦腔。教我唱秦腔的是我们小学五年级的一位班主任，虽然在当时有中考的压力，但他总会挤时间，教我们唱"在希望的田野上""年轻的朋友来相会"等歌曲外，还教我们唱秦腔。记得他教会全班同学唱的一段秦腔是《三滴血》中的"虎口缘"唱段，至今仍然是我的拿手好戏，在一年的公司团拜会上，唱了一次。此后，同事们更加认为我对"秦腔"是情有独钟，是我的长项了，每到聚会，都会邀我唱上一段，我也不推辞，便粉墨登场，咿咿呀呀吼起来，赢得大家一片掌声。

除了班主任的启蒙，爷爷对我的影响挺大。他喜欢秦腔，为了便于听秦腔，花几十块钱，买了台红灯牌收音机，每天下午六点多我就和爷爷守在收音机旁，一起听甘肃人民广播电台的秦腔戏曲节目。多年下来，我听了不少唱段，"三娘教子""二进宫""花亭相会"等秦腔传统折子戏的情节都耳熟能详，里面的唱词和对白到今天也没有忘记：一句好话三冬暖，恶语一句六月寒；高山遮不住太阳，远水解不了近渴；美不美，泉中水，亲不亲，故乡人。诸如此类富有哲理的充满正能量的唱词或对白，一遍又一遍听，就潜移默化，影响着我的思想和行动，从中明白了许多做人和做事的道理。

上了初中，迎来了看戏的黄金时期。初中三年，在临近的村子上学，每年农历二月十九，传说是一位菩萨的生日，村里会请来县秦剧团为菩萨祝寿演出，学校操场就是戏场。戏一开台，全校放假，五天五夜俨然成了学生们的节日，个个比过生日的菩萨还高兴。三年下来，书没记下多少，我对戏曲的理解水平却从小学升到了初中——不再关心剧情，我总会在秋日的余晖中抱本书，躺在粗壮的柿子树上，闭目倾听村属大喇叭里传来的如泣如诉哽噎凄婉的秦腔，听着听着，眼前就会浮现黄土地上靠天吃饭的爷爷奶奶父亲母亲们一个个弯腰屈背挥汗如雨的身影，他们年年求神拜佛期盼风调雨顺五谷丰登，却总不能如愿，在一个又一个平淡与无奈、绝望与失望、灾害与抗争的轮回中，秦腔便从忍无可忍愤懑的胸腔喷射而出……啊，秦腔，这难道是祖先们对命运不屈的抗争、对自然愤怒的吼叫、对黄土地爱的倾诉之悲情凝结吗？想到这里，我的眼泪已夺眶而出。此时我才理解不识字的爷爷为什么几十年如一日坚持收听省电台每天二十分钟的秦腔节目，理解为什么在炎热的夏季口干舌燥的劳作者会不惜气力漫山遍野地吼叫秦腔，理解为什么家乡人不说"唱"秦腔而叫"吼"秦腔。

噢，秦腔，我血液般亲亲的秦腔，黄河般悠悠荡荡绵延千古的秦腔吆！

红色电影伴我成长

　　回首我的五十多年人生路，在我心灵深处，对我影响最大、印象最深，甚至左右人生的是一部部百看不厌、历久弥新的"红色电影"。"红色电影"让我了解了党的历史、新中国的历史，它既带给了我无比的感动、震撼，又常常触到我的心弦，让我难以忘怀。

　　小时候看的是露天电影，大多是红色电影。比如《董存瑞》《狼牙山五壮士》《双枪黄英姑》等。电影放映队到村上后，消息很快就会传遍家家户户，最高兴的是我们小孩子了。我们扛上长短不一、高低不同的板凳来到戏台前的院子里占好位子。晚饭吃罢，一霎时，黑压压的人群挤满了院子，前面是坐着的，后面是站着的，前呼后喊，甚是热闹。那时我们总是被电影中的英雄震撼，虽然对电影里的故事和表达的意义还懵懂，但那时电影里的英雄却深深地影响着那一代人，电影里的经典台词也成了小伙伴游戏时模仿的口头禅。

小学时看红色的电影，记忆最深刻的是《闪闪的红星》。看完了之后，小小的我懵懵懂懂明白了一个道理：我们的新中国、共产党正是由红军吴叔叔、冬子妈、潘冬子这样的革命先烈用鲜血和生命换来和捍卫的。"红星闪闪放光彩，红星灿灿暖胸怀……"这震撼人心的熟悉旋律不断在我耳边萦绕着，影片中潘冬子机智勇敢的片断和闪着光芒的红星不断在我脑海里浮现。看了电影后，我用红色硬纸剪一个红五星，别在帽子上面，同时，还模仿潘冬子的言行和举止，感觉很威风和潇洒。

后来上了初中，有一天晚上，学校停电，没法上晚自习。听说邻近的宋家庄要放电影，我们十几个住校生就偷偷溜出学校，走了三四公里路去看电影，那晚放的电影是《大渡河》。后来，私自看电影的事让学校领导知道后，让我们停课写了检查，我却觉得电影看得很有意义，没有后悔过。当时我们的学习生活条件很艰苦，校长常常用"苦不苦，想一想红军长征两万五"激励我们。看了电影《大渡河》后，红军不怕困难，不怕危险，既跟敌人作战，也跟恶劣的气候环境作战，终于取得了长征的胜利的英雄气概深深打动了我。相比较他们，我们的困难真算不得什么，更加坚定了我通过学习改变自己、改变家乡的决心。

直到20世纪90年代在省城上中专，有一次班里举办知识竞赛，获奖的奖励一张电影票。我有幸获得一张，非常高兴，和几个同学一起去看电影。那天电影上映的是《焦裕禄》，电影使我的心灵得到了洗礼，对世界观、人生观、价值观有了更进一步认识。影片中出现的亲人送葬、雪夜送站、挽留技术员、送回一桶鱼、雨夜抗洪、治沙栽桐，每一幕都让我流下了感动的眼泪。回头看看邻座的女同学，哭得稀里哗啦，一遍一遍用辫子擦眼泪。

工作后，我所在的小城也有了电影院，看电影就很方便了。这两年看了好多电影，印象比较深的是《我和我的祖国》，电影分别讲述了开国大典、我国第一颗原子弹爆炸、女排三夺冠、香港回归、神州十一号成功着陆和建国七十周年阅兵这七个故事。每个故事中的人物都以自身微薄的力量为祖国创造了"财富"。令我印象最深刻的是开国大典、我国第一颗原子弹爆炸和香港回归这三个故事。2020年国庆节看电影《我和我的家乡》，感觉它用电影语言诙谐幽默地述说了在党的领导下，国家的变化以及普通老百姓的真切感受，自己看了一遍陪着妻子又看了一遍，仍觉回味无穷。

"红色电影"记录了党的历史，展现了在党的领导下，人民生活发生的翻天覆地的变化，歌颂了红色精神，一部"红色电影"带给人崇高的感受和有益的人生启迪。我爱看"红色电影"，我更爱红色电影背后的党的光辉历史和绵延不绝的红色精神。

红歌引我心向党

　　我从小喜欢听红歌，也喜欢唱红歌。听红歌唱红歌能给人愉悦，还能予人力量，更能使人加深对党的感情和认识。至今，那些感人的旋律和激情燃烧的歌词仍催人奋进，难以忘怀。

　　小学时，刚开始学校没有音乐老师，后来从外地调来一位语文老师，他略通音律，在上语文课之余，教我们唱《三大纪律八项注意》《学习雷锋好榜样》《我们是共产主义接班人》《我爱北京天安门》等。唱着唱着，慢慢觉得雷锋是那样的了不起，天安门是那样的令人向往，我们的未来是那样的可期。心里想着一定要好好学习，学着像雷锋一样做好事，等长大了去北京观看天安门的庄严与雄伟。于是就喜欢上了学红歌、唱红歌，每天晚上放学都唱着歌回家，早上哼着歌上学。

后来不满足于老师教，缠着爷爷买了台收音机，用来听红歌学唱红歌。那时中央人民广播电台有一栏目叫《每周一歌》，每周重复播放一首歌，我便一句一句跟着学唱，渐渐学会了《社会主义好》《唱支山歌给党听》《马儿你慢些走》等歌曲，那些铿锵优美的旋律至今萦绕耳畔，所阐释的对社会主义和对党的美好情感依然充满在心怀。

上了初中，有了音乐老师，有了正规的音乐教育，我先后学会了《党啊亲爱的妈妈》《十五的月亮》《望星空》《热血颂》《我和我的祖国》《今天是你的生日，我的中国》等歌曲，也学会了识简谱。我们村距学校有五公里的路，村里十几个学生天天早上都要摸黑赶夜路上学，晚上趁着无边的黑暗回家。在由家至学校的漫漫长路上，我们唱着熟悉的红歌，用歌声驱散对无边黑暗的恐惧，就这样日复一日，三年后，我考到了兰州上学。

在兰州上学，第一次班级举办元旦庆祝活动，我唱了首《骏马奔驰保边疆》，同学们给予了热烈的掌声，我感觉自己就像卫边的战士，威风凛凛。后来学校举办合唱比赛，我们班唱的是《在太行山上》和《四渡赤水》，我也参与其中，并从革命歌曲中感受到峥嵘岁月的不易，从高亢的曲调中体会到革命先烈的英雄气概，被先烈的大无畏精神所感染，决心像先烈那样信仰共产主义，为了祖国的未来而努力。于是积极表现，加入了党的后备军——中国共产主义青年团。

工作后是CD、VCD、DVD的时代了，跟着学会了《春天的故事》《走进新时代》《青藏高原》《天路》等歌曲。哼着这些美好的旋律，犹如置身于圣洁的青藏高原、逶迤的青藏铁路，灵魂得以净化；唱着这些难忘的词曲，能感受到祖国发生的巨大变化和今天生活的幸福美好，而这一切都是党带领我们取得的。我对党的认识更加深刻，对入党更加迫切。于是积极向党组织靠拢，终于在2000年，我怀着对党的无限敬仰心情，唱着"我们唱着东方红，当家作主站起来；我们讲着春天的故事，改革开放富起来。"加入了中国共产党，开启了我人生的新征程。

如今，我已是一名老党员了，但听红歌唱红歌的习惯没有改变。听着最新歌曲《人民是天》，品味着"推开百家门，吃着百家饭；尝过瓢里的水，摸过炕头的暖"的歌词，让我感受到共产党人的为民情怀，也鞭策着我时时刻刻不忘自己是一名共产党员，以干好工作的实际行动践行"全心全意为人民服务"的最基本要求。

红色书籍给我力量

　　红色书籍伴我从小成长，每在我彷徨时，犹豫时，给我前行力量，书中一个个人物，一个个故事令人难以忘怀。

　　上小学识字后，我读的第一本课外书是《黄继光》。记忆最深的是黄继光参军体检时身高不够，他就踮起脚后跟坚决入伍，完成了参军保家卫国的夙愿。后来看到他小小年纪为了胜利用瘦小的躯体堵了枪眼，不禁潸然泪下。战斗英雄成了我幼稚的心中永远闪耀的"明星"，直至现在，我的记忆深处仍清晰地记得"中国人民志愿军特级英雄黄继光……"等诸多战斗英雄的名字。记得那时，我们的课外活动时间玩得最多的游戏就是"抗美援朝"，泥捏的手雷，纸叠的手枪，木做的大刀，人当坐骑。"敌我"双方为争夺一块土堆，直杀得尘土飞扬，衣破鼻血流。此时若问我们长大想做什么，毫无疑问，众口一词——当兵。

稍微长大，读《红岩》，我最钦佩江雪琴江姐。当敌人拷问她时，她不透露党的任何秘密，当敌人用竹签钉她的手指，她坚强地说："毒刑拷打是太小的考验，竹签子是竹做的，共产党员的意志是钢铁做的。"还有勇敢无畏的双枪老太婆，善于斗争的许云峰，书中最小的革命烈士小萝卜头等。那时候，面对他们的事迹，我感到深深的愧疚，我只要遇到小小的挫折，就会想到放下。读《红岩》让我明白了虽然学习和生活条件很是艰苦，但越是充满困难越是要克服困难，越是艰难的任务我更要坚定不移地完成。

后来到省城读书的时候，我成为一名共青团员，借来剧本《智取威虎山》读了几遍。剧中人物话语"天王盖地虎，宝塔镇河妖"等张口就来。剧中无论是年轻英勇的少剑波、足智多谋的杨子荣、忘我拼杀的高波等，他们都能够执着于信念，始终如一地坚持信念不动摇。我当时靠国家补助上中专，通过读书，渐渐明白，自己应该树立远大的理想，坚定信念，早日成才回报党和国家的培养。

作为一名20年党龄的老党员，最近读《革命者》。这本书被评为2020年最佳图书，书中描写了一个个牺牲的年轻的革命者无比崇高的"信仰之情"。1933年9月19日，邓中夏知道自己的生命即将终结，他通过牢房内的地下党组织写信道："同志们，我要到雨花台去了，你们继续努力奋斗吧！最后胜利终究是属于我们的！"

革命不仅是与敌对阵营的生死决战，更是对革命者的价值观和理想信念的考验。王孝和烈士就义前的血书写道："有正义的人士们！祝你们身体康健！为（正义）而继续斗争下去！前途是光明的！那光明正在向大家招手呢！只待大家努力奋斗！"

这是一个革命者留下的最后遗言，读来令人嘘唏不已！何为情怀？何为信仰？烈士的遗书中已经为我们解释和表达！面对敌人屠杀时所表现出的英勇气概和无畏精神，真的感天动地！

如今，身处和平时期的我们，党和国家也许不需要我们"抛头颅，洒热血"，但需要我们紧跟步伐，为建设国家贡献我们的力量，我们应该在需要牺牲时间、金钱等个人利益时，毫不犹豫，体现一个共产党人的奉献精神，为我们国家远大的目标而共同努力。

看戏

在老家，正月里要唱戏。这是我最高兴的时刻，因为我从小喜欢看戏。

上小学的那个年龄，看着村里熟悉的人装扮上生旦净末丑各种角色，咿咿呀呀吼吼哈哈地在戏台上，或卿卿我我或打打杀杀，觉得很好玩，从昼场到夜场一场一场接着看，一场也不落下，简直成了一个小戏迷。如此一连看七八天的戏，虽然不全能听懂和理解唱词的意思，但对戏的主要情节和角色已了然于胸。《铡美案》中忘恩负义的陈世美，《忠保国》中忠心耿耿的徐彦昭和杨侍郎，《游龟山》中美丽聪明的胡凤莲，这些戏曲人物的演绎，使幼小的我开始能够辨识善恶忠奸美丑。

　　我念初中是在离家十里的郭川中学，戏台就建在学校操场边上，操场就是戏园子。每年农历二月十九是庙会，要唱大戏。这时学校也上不成课了，就索性放假。这是我们最快乐的日子，每天早晚都占好位子，瞪大眼睛，静静观看一场场精彩的大戏。庙会请的是陕西的专业剧团，水平非我小时候看的村里人自己演的戏可比。唱腔、服饰、舞美都美轮美奂，高端大气上档次。专业剧团的剧目也非常多，《五典坡》《金沙滩》《火烧葫芦峪》《金玉奴棒打无情郎》《三娘教子》《周仁回府》等，本本都是传统经典剧目，看得我废寝忘食，留恋不舍。整天在戏场，渐渐能够理解戏曲人物的唱词，觉得是那样的有韵味和富含哲理，一句一句记在心间，慢慢回味，久久不忘。《五典坡》中王宝钏唱道：老爹爹莫把穷人太小量，多少贫寒出栋梁。《三娘教子》中王春娥唱道：好言一句三冬暖，恶语伤人六月寒。这些话，至今都是真理。

　　后来好多年都没有看戏的机会，直至毕业参加工作，偶尔在小城公园的角落里有秦腔自乐班，驻足观看一阵，但觉不过瘾。一次到兰州出差，偶然发现有一个名叫梅馨戏楼的小剧院周末有秦腔演出，于是花50元钱买了张票，坐着软软的沙发，喝着三炮台，欣赏了一场《火焰驹》，这是我经历的环境最舒适的一次看戏体验，当然戏也很精彩。据说当年秦腔《火焰驹》拍成电影，火爆一时，其中主演、秦腔肖派创始人肖玉玲老师曾经被毛泽东主席接见，这本戏经久不衰的传承与成功可见一斑。

　　现在我所在的城市没有秦腔剧团，但是通过电视和微信公众号同样可以看戏。比如甘肃电视台的"大戏台"栏目和陕西电视台的

"秦之声"栏目，每周都有精彩秦腔剧目播放，我喝着罐罐茶，观赏着妻子养的花，坐在家中就可以欣赏到甘肃秦腔名旦窦凤琴、苏凤丽和陕西秦腔名旦李梅、李娟、齐爱云等人的精彩唱段。同时我关注了六个有关秦腔的微信公众号，睡觉前我可以听着秦腔入眠，外出溜公园，我可以听着秦腔休闲，欣赏秦腔真是人生一大快事，不亦乐乎！

俗话说，戏如人生，人生如戏。每个人通过看戏，能找到自己人生的影子。同时，戏是一种氛围，一种场合和情景，以及情感的交融与发泄。人可以不同，时代可以不同，但人灵魂深处那种对人身世的感慨与道德价值的交融和共鸣则是相通的，这也许就是为什么一部戏可以百看不厌的原因所在吧，这也是我喜欢看戏的原因。

听歌

独自无人的时候，我喜欢听歌。以前是通过广播、收音机、磁带、光碟听歌。现在有了更为直接的媒介了，那就是抖音短视频。几乎在一夜之间，一首动听的歌曲就会通过抖音迅速走红，被人一遍遍演绎和传唱。

听得最多的是爱情歌曲，而最令人记忆深刻的是《花桥流水》。

《花桥流水》是高安和纳兰珠儿在2012年推出的一首歌曲。高安是华语男歌手，被圈中人称作"沧桑歌者"。他是一位创作型歌手，集词曲创作、演唱为一身，清澈具有耐人寻味的嗓音，极富个性。他们的《花桥流水》是电影《花腰新娘》的主题曲。《花腰新娘》主要讲述花腰彝族古老婚俗以及由其引发的一系列故事。他们以欢快的音乐节奏，朗朗上口、通俗易懂的歌词，通过情歌对唱的形式演绎了少数民族青年男女欲说还休的爱情。这首老歌2018年因西瓜妹在抖音短视频中的演唱，一夜走红。因为她唱《花桥流水》时拿着一把像西瓜一样的扇子，所以大家都叫她西瓜妹。西瓜妹以她纯天然的容颜，以及小女人自带的娇羞，配上一首《花桥流水》，一夜之间坐拥粉丝500万，一时间成为抖音上热度最高的网红。

"看那春光早/喧闹了枝头/花瓣颜色好/阿妹更娇羞/看那春水流/流过小桥头/风吹歌声飘/飘过吊脚楼/吹起我的芦笙/妹妹你唱一首/等到太阳落山/你就跟我走"。

现在听起来，仍然能感觉出似诗人徐志摩笔下"最是那一低头的温柔，像一朵水莲花不胜凉风的娇羞"一样温柔的爱，也能感觉出如同席慕蓉笔下"如何让我遇见你，在我最美丽的时刻"的爱情的直白与火辣。两种情态，欲说还休，欲拒还迎，熬到太阳落山，你就跟我走，将有情的青年男女的扭捏与渴望展现得淋漓尽致，听来身临其境，意犹未尽。

也是2018年，《山谷里的思念》被一位天津老大爷唱红了。老大爷因思念去世的老伴而唱这首歌。他骑摩托车在大街上嘶吼着嗓子高唱的形象，通过抖音，传遍全国，一夜成网红，这首歌也迅速被翻红。

"满眼清清的绿/浮现你甜甜的笑/我在遥远的南方/思念北方的你/风儿轻轻地吹/花儿含羞的忧郁/思念比光速还快/你在我心里徘

徊/向远方挥挥手/那是爱情的方向"。

她甜甜的形象跃然纸上，虽南北阻隔，也阻断不了对心上人儿的思念。歌词唯美，音乐轻快婉转，听后令人真切感受到思念的痛和爱情的美好。

前段时间，一首《笑纳》通过抖音爆红。

"挑灯看遍长街的繁华/白胡子老者/临摹入画/一番寒暄/附和月色无暇/忽然清风/惹一池落花/三两知己结伴的仲夏/夜市闹三更不想回家/星光洒落/老树的枝丫/马蹄浅浅/落一身风沙/撑伞接落花看那西风骑瘦马/谁能为我一眼望穿流霞/公子是你吗？"

此歌旋律简单，节奏如民谣，娓娓道来，极具舒适感。歌词具有古诗词的韵味，歌词画面感极强，每句都是一幅画。听着歌，仿佛一位情窦初开的少女，在思念红尘之事。手拿琵琶夜半三更，孤身一人挑灯在繁华街上遛弯，看到月光散落在树叶枝头。忽然一阵清风吹来，花瓣吹落下，撑伞欲接住，瞬时感觉到夜风微凉，一匹瘦马独立西风中。想画一幅自己的画像送给未来的公子，但是他还不知道这位公子是谁。

近日刷抖音，发现一首陕北歌曲《泪蛋蛋掉在酒杯杯里》火了。歌词直白，深入人心，一句"酒瓶瓶高来酒杯杯低"让很多人印象深刻。这首豪迈粗犷的歌曲，展现了黄土高坡的情感生活气息，歌曲唱出了现实生活中的真实感，浓浓的乡土味更是唱出了柔柔的小情怀。这首歌大概意思就是陕北小伙喝醉后想念情妹妹，陕北妹子喝醉后想念情哥哥。这首歌原唱是野强强，但经一个叫马美如的陕北女人演唱，爆红网络，最近网上全是配她唱曲的短视频。

她的翻唱粗犷、高亢，饱含真情，充满沧桑感，给予了这首歌一次新的诠释，听后还想听第二遍。我一遍遍刷着抖音，看一个个不同的人的演绎，被歌曲表达的情感感染，相恋之人的相思之情，把人的心都唱陶醉了，仿佛让你看到了举杯的相思之人，久久无法入睡。

爱情是文艺作品永恒的主题，更是歌曲永恒的主题。坚持不断听唱不同的爱情歌曲，就会感受不同的爱情意境，在艺术的熏陶中轻松自己的人生，珍惜现有的爱情。

看电影

    一直想写一篇关于看电影的文章，看了张艺谋导演的电影《一秒钟》，勾起了我对自己看电影经历的回忆，曾经一部部美好的电影片段在眼前不断浮现，一个个关于看电影的故事难以忘怀。

    小时候看的是露天电影，由公社放映员轮着一个村一个村放，一年也就轮着两三回。电影放映队到村上后，消息很快就会传遍家家户户。大人们忙着早早做晚饭，以便不耽误看电影。小孩子们则扛上长短不一、高低不同的板凳来到戏台前的院子里占好位子。晚饭吃罢，村人扶老携幼都赶来看电影，等电影结束，常常有人被挤得掉了鞋子或帽子，寻也寻不着了，也算是看场电影所留的独特的记忆吧。

　　小时候看的电影，记忆深刻的比如武打片《少林寺》，我们寻着放映队的身影一个村一个村走，一遍一遍看，不厌其烦，看了七八遍，直至放映队巡回到离我们实在远得走不动的村子了方才作罢。《少林寺》看后，学生们都成了武术迷，相互打闹中也学着电影上扎个马步、吼吼哈哈踢腿抡拳，颇像那么一回事儿。还有《神秘的大佛》，看后对怪面人印象深刻。后来又看了秦腔电影《三滴血》和《火焰驹》，这对我来说是欣赏戏曲艺术的一个开始和启蒙，尤其是听说《火焰驹》主演曾经受过毛泽东主席的接见，使我更加喜欢上了秦腔和秦腔艺术家，直至今日也未有削减。

　　后来上了初中，在远离家的乡政府驻地读书，就很少有机会看电影了。有一天晚上，学校停电，没法上晚自习。听说邻近的宋家庄要放电影，我们十几个住校生就偷偷溜出学校，走了七八里路，去看电影。那晚放的电影是《大渡河》，我们被红军战士的英雄气概所感染，为掉入大渡河的年轻生命而惋惜和愤慨，我们满怀着对敌人的愤恨的情绪匆匆赶回学校。刚回到宿舍，就被闻讯赶来的校长一个个赶了出来，说我们违反纪律，私自离校看电影，让我们停课写检查反省。此后的一个星期，我们十几个人全部都不上课，集中在学校院子里写检查，写了一遍又一遍，反省了一次又一次，保证了一条又一条，直至校长点头通过，我们才得以回到课堂，有种被解放了的感觉，从此再不敢私自出校门，规规矩矩做学生，只好将看一场电影当作梦想。

　　工作后，是录像厅的天下。我竟然不知道当地有没有电影院。单位有个俱乐部，有时候也放映电影，记得放了一次《大决战》。

2000年后，邻近的城市有了电影院，我们部门几个人驱车六七十公里专程去看电影，看的是张艺谋导演的《山楂树之恋》。片中有一段情节，仍记忆犹新。两人过河，要过的是一段崎岖的河路，建新要牵着静秋过，静秋不依，羞涩不已，建新便找了一节树枝，一大手，一小手，中间的一节树枝成了媒介，过了河后，大手一点点挪移，终于握住了小手。我们虽都是成年人了，但看后依然为那样纯洁羞涩的爱而感动。

再后来，我所在的小城也有了电影院，看电影就很方便了。看了一些名导的《归来》《战狼》《芳华》《流浪地球》等，也有外国大片《变形金刚》等，都觉得很好看，但近期看的《哪吒之魔童降世》印象最为深刻，这是我看过的最好看的国产动漫电影。这部电影虽然是动漫，但它老少皆宜，它告诉人们"我命由我不由天"的真理。

今年国庆，看电影《我和我的家乡》，感觉它用电影语言诙谐幽默地述说了国家的变化以及普通老百姓的真切感受，让人回味无穷。

电影记录了时代的变迁，电影反映了人处境的变化，电影是岁月的刻录机，电影是社会人生的缩影。"电影内涵多，充满喜和乐"。一部好的电影带给人美的感受和有益的人生启迪，我期待着与越来越多的好电影相遇。

卷 三

味蕾的记忆

回味悠长说苦菜

《诗经·国风》有曰："采苦采苦，首阳之下。"其中，"苦"指的是苦菜。苦菜又叫败酱草，或苦苦菜，是一种无毒的野菜，入口先甘而甜，可清热解毒、凉血利湿，深受人们喜爱。

每年的五、六月份，田间、地埂、水渠边，到处都会看见绿茵茵的苦苦菜，一片一片的，喜滋滋地贴伏在地面上，其根为白色，叶子嫩绿、细长，边缘呈锯齿状，因为形状独特，特别好识别。苦苦菜的花是黄色的，大小如同人的拇指，小巧玲珑，似野菊花，非常好看。

春尽夏至，万物葱茏，正是采摘苦苦菜的好时节。

六月份，一逢放假，我就和伙伴们带上菜铲，挎上竹篮，兴致勃勃地奔向田野。夏日的家乡，分外诱人，田间绿油油的麦苗将田野织成无边无际、绿色的大地毯，微风拂过，淡淡的清香味，醉人心肺。那些绛紫色的苦菜芽，也都会伸出小脑袋，喜眉喜眼地向四周张望。小伙伴们看见这些小东西，心里甭提有多高兴。挖出来的每一根苦苦菜，长半尺有余，因苦苦菜长势比较旺盛，我们很快就会挖满菜篮子，完成任务之后，我们常常会在田野间嬉闹玩耍多时。夏天的田野，弥漫着野花和青草的芳香，令人陶醉。我们采了许多五颜六色的野花，编织成漂亮的花环，戴在头上，欣赏着，奔跑着，笑声荡满田野，那种快乐啊，真的难以言表！玩耍到夕阳只剩一丝光线时，我们才提着沉沉的竹篮回家。

苦苦菜最常见的做法就是做浆水。"三斤辣椒十斤盐，一缸浆水吃半年"。从这些民间谚语中我们不难看出，浆水在家乡人的生活里曾经扮演了多么重要的角色。那时候，幸亏还有浆水缸，幸亏还有遍布山野的苦苦菜，让我们能够等到一个又一个麦黄的季节吃到味美的浆水面。奶奶会将浆水用胡麻油炝过，盛到盆里，用开水调好酸度，等煮好面后盛入碗中，配以胡麻油炝的韭菜、小葱、洋蒜等佐料，再放上咸菜、香菜等，一碗清香四溢、热气腾腾、消暑解渴的浆水面就呈现在面前了。

奶奶还会凉拌苦苦菜供家人吃。她把新鲜的苦菜放在沸水中焯，焯软以后取出过冷水降温，然后再去掉水分，放入适量蒜泥，再放入香醋、食盐和辣椒，调匀以后就能吃，这样做好的凉拌苦菜能开胃消食也能清热解毒。奶奶还将春夏挖来的吃不完的苦苦菜晒干，放到冬季，用凉开水泡软凉拌了吃，又是一道既能充饥又能丰富餐品的菜食。

等到上初中，我每周上学，都要提一瓦罐的苦苦菜酸菜。在家至学校的十里路上，走累了渴了，就喝瓦罐中的浆水消暑解渴，浆水入口清凉醇香，提神消乏，至今难忘。彼时看戏，有一个薛平贵和王宝钏的爱情戏，王宝钏寒窑苦等薛平贵十八年，就是靠挖遍地都有的苦苦菜度日的。苦苦菜是多么的平凡普通，对艰难困苦岁月中的人们又是多么的重要啊。

如今，随着人们生活水平的提高和物质条件的极大改善，也随着人们饮食观念的转变和保健需求，苦苦菜已经成为餐桌上的野菜珍品，加入饭店的美味野菜和珍稀佳肴行列了，很受大众青睐，成为用餐食客的必点凉菜。

苦菜，它没有美丽的外表，伟岸的身姿，只有淡淡的绿，苦苦的味。它在田间地头，就那样平平凡凡，静静悄悄地，坚强地生长着。它的苦，会给人一种警醒和不怕吃苦，勇于战胜困难的信念。

人吃了太多腥荤的东西，吃了太多的咸酸甜辣，也该来个苦素的了，一为清胃，二为回味。

苦菜，先苦后甜，回味悠长。

抚今追昔话灰条

　　初夏时节，楼前花园里的花还未开的时候，便见灰灰菜一簇簇，蓬蓬勃勃，青翠鲜嫩，在花草间见缝插针地生长开来。

　　妻子便掐取灰灰菜的顶部的鲜嫩部分，拿回家洗干净了，放在开水锅里焯一下，捞出来，晾凉，切碎，调入熟油、盐、醋、辣椒、蒜，一道美味可口的灰灰凉菜就做成了。就着这鲜美的野菜吃米饭，不禁胃口大开，多吃了一碗。望着家人一抢而空的菜盘，不由想起幼时与灰灰菜度过的峥嵘时光。

　　小时候，我认识和掐灰灰菜，最初是和大人们一起在田间地头。那时候，家乡人不种蔬菜，吃菜要去十几里外的镇上买。因了经济拮据和交通的不方便，这灰灰野菜就成了夏日里人们掐取的对象。每到星期日，我们小孩子都会结伴去田间地头掐灰灰菜，回家后，奶奶会把最鲜嫩的菜叶凉拌了吃，剩余的晾晒在屋顶上晒成干，等到冬天，凉拌灰灰菜干下馓饭和搅团，味美爽口，劲道开胃，能多吃两碗饭。

当时，我们家人口多，加之本来就没其他蔬菜用以果腹，所以，奶奶做的凉拌灰灰菜总是大受欢迎。我们从不在吃饭的时候做其他事，我们最是担心，一转身的工夫，灰灰菜就被其他人吃个精光。那时的人们，没有多少可以吃的东西，生活过得艰辛而困苦。

听村里的老人们讲，灰灰菜不光能吃，还有其他用处。比如，在很早以前，是没有洗衣粉的，由于灰灰菜吸碱，古人便把灰灰菜晒干，烧成灰，并储存起来，称为"储冬灰"。冬灰不仅用于洗衣除垢，同时还可以食用，做面碱用。现今，拉面中的蓬草灰就是同类的东西，而考古界、古玩界清理旧瓷器、青铜器至今亦使用"冬灰"。

灰灰菜古而有之，多称"藜"，又名灰条。明代散曲家王磐的《野菜谱》中，还收录了一首咏灰菜的白话诗，"灰条复灰条，采采何辞老。野人当年饱藜藿，凶岁得此为佳肴。东家鼎食滋味饶，彻却少牢羹太牢。"其意为灾年的灰菜之味堪与帝王祭祀用的猪、牛、羊肉相媲美。由此，灰菜在古代食物史上曾经的地位与功劳可见一斑。

灰菜虽为"贱菜，布衣之所食"，但文人士子们食之却是用以标榜清贫高洁，多见诸诗文。

如西晋陶渊明的"敝襟不掩肘，藜羹常乏斟"。唐代杜甫的

"吾安藜不糁，汝贵玉为琛"。韩愈的"三年国子师，肠肚习藜苋"。苏轼的"寄语故山友，慎毋厌藜羹"……皆借藜菜粥食低劣粗简的生活，表达他们甘于清贫，乐于隐逸，不改初衷的性情。

南宋爱国诗人陆游对这种粗劣的野菜也情有独钟，写下了不少有关灰菜的诗作来赞美它，表达自己乐于过简朴清苦的生活。

他在《午饭》一诗中云：

我望天公本自廉，身闲饭足敢求兼。

破裘负日茆檐底，一碗藜羹似蜜甜。

穿着破旧衣裳，屋檐下晒晒太阳，吃一碗藜羹粥多么香甜，这样身闲饭足的日子我还欲求什么呢？陆游晚年生活艰辛，虽积贫积弱，却豁达乐观，贫贱不移其志，这种养生观使得诗人达八十五岁高寿。

读了古诗，我总以为，吃灰灰菜只有在贫困年代的困难家庭才能见到。直至长大，读了一些书后才发现，富贵人家竟然也在吃灰灰菜。《红楼梦》第四十二回里，刘姥姥要从大观园回家去了，平儿吩咐她说，"到年下，你只把你们晒的那个灰条菜干子和豇豆、扁豆、茄子、葫芦条儿各样干菜带些来，我们这里上上下下都爱吃"。看，富贵如贾府人，不也吃这个吗？由此可见，灰灰菜当时的身价并不像我想象的那样低，甚至还有些高贵呢。

如今，随着人们生活水平的提高，物质条件得到极大改善，灰灰菜已经成为餐桌上的野菜珍品。经过简单加工，可以制成多种美食，即人们常说的绿色食品，并加入饭店的美味野菜和珍稀佳肴的行列了。

现在，我已经离开家乡三十多年了，偶尔吃一点灰灰菜，像是追忆童年的生活和农村的时光，有一种忆苦思甜的滋味在里面，为此我要感谢灰灰菜，是它陪伴我度过童年的美好岁月，虽然艰苦但是却非常温馨，让我终生难忘，追忆永远。

端午节的甜蜜记忆

在老家，端午节必须要吃甜醅子。

奶奶要在端午节前几天做甜醅子，她将煮好后的小麦或莜麦放在案板上晾散，不能有水，有水发酵后的甜醅就会酸。也不能太干，太干了发酵后就不会很甜。所以这一个环节要有一定的技术，没有什么量的衡量标准，只能凭经验。

然后把晾干、散开的小麦或莜麦装进干净的大瓦盆里，撒上适量的甜醅酵母粉，再盖上提前准备好的核桃树叶，然后用棉被或棉袄盖严实，用绳子缠绑在瓦盆上，不能让一丝风进去，否则就酸了。最后再把瓦盆放在最热的炕圪崂，做甜醅的过程就算结束了，接下来就是耐心等待。

　　这样一等就是两三天，我每天起来的时候，第一件事就是去闻闻瓦盆上面有没有甜味。甜醅好像故意跟我作对似的，从来都不在我满怀渴望的时候满足我的欲望，每次都是在夜里偷偷地甜了。

　　端午节早晨，当我还在梦乡的时候，奶奶会推醒我们，给我递来一小碗甜醅，我睡眼惺忪地胡乱往嘴里填一口，哇，那一股沁心的甜哟，把我的瞌睡立刻赶到了九霄云外。一小碗不够吃两小碗，但不能吃得多，吃得多就醉了。奶奶总是这样说，吓得我不敢挑战三碗。

　　等到穿衣下炕，找布鞋穿的时候，姑姑们就会给我一串荷包。有像蝴蝶、像绣球样的，还有像小动物的。看着挂在胸前衣服上的荷包，看着长长的丝线穗子，心里乐滋滋、甜蜜蜜的，仿佛生命里被注入了一种神奇的力量，一种靓丽的色彩。破旧的衣服，经色彩鲜艳、余香袅袅的荷包装饰，显得时髦而好看起来。荷包的内部装有柔软的干香草，走路时戴在身上，犹如香袋一般，随风发出股股幽香。

　　奶奶还会给我手腕和脚腕戴上用各色线绳编织而成的"手款儿"，据说，一年内可保虫不咬，还能作护身符辟邪呢。村里的老人说："手款儿"要等到农历七月七的时候取下来，扔到自家房顶上让喜鹊带走，喜鹊会将带来的线"手款儿"搭成线桥，为的是让牛郎和织女约会，如果谁家的线"手款儿"好看，被神仙看中了就会降福于他家。

　　带上荷包和"手款儿"，我和爷爷就去河边折柳梢和艾蒿，回家插在各个门楣上，爷爷说插上柳梢和艾蒿可以镇宅辟邪。奶奶都会给周围的邻居送去甜醅、凉粉，相互走动，礼尚往来，联络邻里关系，相互传递着节日的祝福。我去学校时，则要给老师提上一瓦罐的甜醅子，对老师的辛苦表示感谢，送上节日的祝福。

现在，每年的端午节无论我在城市还是乡村，那带着酒气的甜醅总会将我带回家，让我回忆起童年过的每一个端午节，永远都忘不了那甜中带酒气的甜醅的味道。

吃在端午

端午节这天，二姐带来了河西传统名吃——油饼子卷糕。我甚是高兴，油饼子卷糕油而不腻，香甜可口，一口气吃了三个，还意犹未尽。不知为什么，自从到金昌工作三十多年来，每年端午节都买粽子吃，但偶尔吃了一次油饼子卷糕，就忘不了。经常到路边小吃店寻着买油饼子卷糕吃，口味很少能如意。

吃完问二姐做法，二姐说做法复杂，简单说就是将刚烧开的水倒入面粉中，用筷子慢慢搅成团，开水一点点地加入，等面团稍微凉了后用手和成光滑的面团，将面团切成一个一个的小剂子，把它擀成圆形，放入油锅炸熟捞出。和面前可以把洗好的糯米、葡萄干、红枣放到电饭煲中蒸熟。最后把蒸好的糯米饭盛出一些放入油饼中就可以吃了。听完二姐的介绍，心中想，明年是否可以尝试着自己做，也许另有一番风味吧。

我觉得油饼子卷糕好吃，儿子却不爱吃，给他买了粽子，有豆沙、红糖等各种馅的，他吃得津津有味，一连吃了三个。我嫌粽子味淡，不爱吃，不由想起我小的时候过端午节吃家乡的传统小吃，从舌尖到心头，也是甜甜蜜蜜的。

老家天水过端午节习惯吃甜醅子。有句顺口溜："甜醅甜，老人娃娃口水咽，一碗两碗能开胃，三碗四碗顶顿饭"。它具有醇香、清凉、甘甜的特点，吃时散发出阵阵的酒香。农历五月，正是盛夏，我们小娃娃几乎每天中午放学后吃上一两碗，清心提神，去除倦意。姑姑们也会从远方提上一瓦罐自制的甜醅和荞麦凉粉来看爷爷奶奶，一起过端午节，一家人共享甜蜜美食，共享天伦之乐。

小时候过端午节，除了吃甜醅子，还要吃荞麦凉粉。在炎炎夏日，暑热难耐，对于大热天还在毒辣的日头下劳作的人们来说，此时吃一碗清凉酸爽的荞麦凉粉，那绝对是暑热顿消，畅快淋漓，浑身通透舒坦。

荞麦凉粉好吃，做起来也不难。先把荞麦去皮后的干净糁子用清水泡软，然后在案板上用擀面杖来回碾压，反复搓揉成面泥；接下来，把搓好的面泥泡在适量的水里，一遍一遍地揉洗，然后过滤，滤糊倒入锅中，小火加热，用长柄汤勺顺着同一方向不断搅圈，直到白白的面糊慢慢变成灰褐色，用擀面杖挑起能挂住不掉，这凉粉就算是做成了。

把面糊盛入碗盆里，放凉后倒扣在案板上，打开一看，就是晶莹剔透的荞麦凉粉了，我们也叫它"凉粉坨儿"。用手一拍，柔软劲道，弹性十足。吃时切成条状，加盐、醋、蒜泥、芝麻酱、油泼辣子等调料凉拌，绝对美味可口。

在甘肃河东河西生活过的我，已经完全爱上了这两个地方的美食，过端午节不忘老家天水甜醅子和荞麦凉粉等美食的同时，也深深喜欢着现在生活着的城市金昌的金黄清亮、油而不腻、香甜酥软的油饼子卷糕。

好酒吃三盏，好花插一枝。思量今古事，安乐是便宜。

与过去比，现在好吃的多了去了，不过节，平时就都能吃到。真的是好时代，珍惜吧！

老家的味道

江面夜夜雨舟/满载着思乡愁/不管离开多久/家乡味道在心头/走了多少春秋/一颗心总在家里/刀鱼总是吃不够/家乡味道最可口……

歌曲《老家的味道》的旋律响起，不由让人想起老家味道，而老家的味道中最令人难忘的就是浆水拌汤的味道。在我的心中浆水拌汤的味道就是老家的味道。

很小的时候，白面少，只有在我感冒生病的时候，奶奶才用白面做顿浆水拌汤。

奶奶先把切得碎碎的姜丝，细细的浆水菜和葱花在烧热的菜籽油锅里炝到微沸后铲出盛在碗里，这是浆水拌汤的调味菜。等到大锅水烧开，奶奶一边将细细碎碎的加过水的面絮撒入开水中，一边拿双筷子迅速搅动，我看着奶奶的筷子飞舞着，跳跃着，锅里一个个漩涡冒着泡泡像快活的小精灵上下穿梭。从锅里散出袅袅的烟雾迷了我的眼，香味馋了我的嘴。手工拌汤煮熟后倒入炒好的浆水菜，调上自家做的辣子油，喝上一口，又酸又辣，清香味、酸味、姜的辛辣味瞬间填满我的整个心肺，我迫不及待地趁热再喝一口，不一会儿，一大碗下肚，发过汗后，美美睡上一觉，第二天，感冒就好了大半。

除了生病时候喝拌汤，还有一种情况下能喝到拌汤。记得小时候，在夏天我总爱跟在姑姑们屁股后边去很远很远的田里干活，其实我那时才是五六岁的样子，干活是不可能的，只是能干给姑姑们去找些水之类的小活，这样中午就能在远处的打麦场里混到大集体的一碗不错的浆水拌汤喝。生产队的拌汤喝起来真香，尽管我还小，喝了一碗，还想喝两碗。

后来，包产到户后，能顿顿吃上白面了，家里早上和晚上两顿饭离不开拌汤。我上小学后，奶奶每天总是起得很早很早，做好拌汤。待我起床洗脸完毕，她就端一碗热腾腾的拌汤递给我，在奶奶慈祥目光注视下，我快速喝完香喷喷的浆水拌汤，然后精精神神去上学。晚上奶奶小脚仡立村头，在寒风中等着我放学归来吃饭，回到家，忙捧上一碗早已凉好的浆水拌汤，看着我美美地喝完，去做作业了，奶奶才心满意足地去忙活着洗锅碗。

上初中后，我住校。学校学生食堂一天三顿拌汤。记得我们初一三班的教室对面就是做饭的灶，每到中午时，肚子饿得咕咕叫。透过窗子看着对面食堂红红的灶火，眼巴巴望着老师，期望早点下课。等到老师一声下课，我们立即抱起早已准备好的大瓷碗冲食堂直奔而去。跑得快的话，就会排在前面打饭，排在后面有时候就没饭了。等到拌汤舀到碗里，顾不得滚烫，边吹边喝，不到五分钟，那时候一碗拌汤下肚，学习的辛苦和枯燥早已抛之脑后，感觉能喝到拌汤是一件多么幸福的事。

初三后离开老家读书，没有拌汤喝了，但是我仍然难忘记那一碗碗浆水拌汤，是一碗碗浆水拌汤伴我成长了十七年，使我在基本温饱的情况下有精力学习，从而最终走出了家乡到省城读书。

后来参加工作和成家后，自己会动手做拌汤吃，单位食堂也有拌汤，但总吃不出老家浆水拌汤的味道。家乡浆水拌汤不是最好吃的，但却是我最难忘的，也是最温暖的。每一次用餐时，看着丰盛的饭菜，总会想起奶奶的那碗浆水拌汤，会想念那升起的缕缕炊烟，想起奶奶伫立村头的寒风中等我回家喝拌汤的情景，想起伴我十几年的浆水拌汤和它那酸爽的味道，那是老家的味道。

记忆中春天的味道

　　春天，由于新冠肺炎，闷在家里做各种吃的，越吃越觉得没有味道，不由人想起小时候的春天，回忆那些年春天的吃头，春天的味道。

　　记忆中，春天的味道很丰富。清晨上学路上，阳光洒在路旁盛开的野花上，扑鼻而来的花的味道；中午，太阳照在刚耕过的土地上，散发出的新鲜的泥土芬芳的味道；傍晚，袅袅炊烟下青色瓦房下，火红的灶火喷射出的家的味道。

　　春天的味道很多，最难忘的是舌尖上的味道。

　　早春，中午不做饭。无论我上学还是大人在地里干活，都吃炒面。这个炒面不是面馆里的炒面条或炒面片，而是炒面粉，小时候叫炒面。

记忆里奶奶是这样做炒面的，先用网眼很细很细的筛子把白面粉筛到更细，这样调出来的糊才不会有和不开的小面疙瘩。一定要用老家那口大大的铁锅，下面用柴火把锅烧到火候刚刚好，把细面粉放进去不停地翻转保证均匀受热；就这样慢慢地，当被烤得热腾腾的面粉的香味散发出来，那颜色也渐渐由白变成淡淡的焦黄色的时候，差不多面粉就已经炒熟了。把它盛出来晾凉密封放好，够我们吃好久呢！吃法也很简单，按照自己的量放炒面到碗里面，再按照喜好放些砂糖，用刚刚煮沸的开水冲些进去，开始用筷子慢慢搅拌均匀，这时，香味再次四溢，调得稠稠的炒面用筷子夹一口放进嘴里面，味道香香甜甜的，口感黏黏滑滑的，余味长长美美的，满满的幸福感早沁入到心肝脾胃肺里面了。

待到花开时节，就做"卜拉子"，吃"卜拉子"。将采摘来的新鲜榆钱、槐花、苜蓿等摘净并淘洗干净，将这些主料内拌入面粉，撒上食盐，然后在芨芨箅子上蒙一块干净纱布，再将"卜拉疙瘩"撒上，盖锅盖烧水焖蒸，一般锅内水开后一、二十分钟的样子，"卜拉子"就蒸熟了。然后等"卜拉子"自然凉下来后，就可以盛碗开吃了。

上学时带上这美味的"卜拉子"，边吃边砸吧嘴，引来其他同学羡慕的眼光，甚是自豪。

现如今，粮食已不再匮乏，食物也不再紧缺，生活早已超越了温饱的阶段，但仍然难忘儿时那些炒面和"卜拉子"的味道。回忆起这些，眼前仿佛看到故乡蜿蜒的小路，那砖瓦房升起的袅袅炊烟，院子里面爷爷奶奶还有我们，一家人团圆欢喜的情景，那么真实，却又那么遥远。

小时候春天的味道还有很多、很多，就是两天两夜也说不完。春天的味道有飘散在空气中的，飘着芬芳，飘着芳香；春天的味道有驻留在舌尖上的，慢慢品咂，唇齿留香；春天的味道还有氤氲在生活里的，奇妙无穷，令人遐想。

春天的味道，是夏、秋、冬三季所难以企及的味道，值得品咂，值得回味……

夏日炎炎吃锅鰍

　　老家天水的夏天，无论是正在割麦子的饥渴难耐的中午时候，还是正在碾场的炎热酷暑烤灼的麦场，大人小孩都会十分想吃两碗冰凉酸爽，透彻心扉的浆水锅鰍，以消渴解乏。

　　锅鰍(zōu)，又叫作"漏鱼"，这些名称的由来都是因为面鱼的形状酷似水中游动的小鱼儿。

　　锅鰍过去有白玉米面做的和黄玉米面做的两种。白的晶莹剔透，黄的金黄灿烂。以前，白玉米面比较稀少，被视为珍贵物品，难得吃上一次。记得小时候，二姑姑还未出嫁，二姑父为让姑姑吃上白玉米面锅鰍，从他家背来了一袋子白玉米面，待奶奶和姑姑们做出一盆锅鰍后，方觉得这锅鰍比白玉米面做的劲道多了，肯定不是玉米面。后经二姑父和家人仔细核验，方知他把小麦面当作白玉米面背来了。众人听后都笑我二姑夫痴憨，后来也成了茶余饭后的笑谈。

锅鲰好吃难做，工序比较复杂，要做一顿地道的玉米面锅鲰并非易事。程序是先馓饭，再滴锅鲰，然后炝酸菜浆水。

馓饭时，先把水烧开滚沸后开始馓面，这时火苗要细小，不宜大火烧，把面粉用手慢慢馓在锅里，要馓下一把面时，先馓的一把基本熟了再继续往锅里馓，稀稠度为用大筷子捞起来吊线为宜，经过多次搅动，直到熟为止。俗话说，"馓饭若要好，三百六十搅"，因多次搅动对做好锅鲰最为关键。

馓饭好了就开始用"锅鲰马勺"滴锅鲰了。"锅鲰马勺"底部有许多小孔，"滴锅鲰"时，把馓饭舀在锅鲰马勺里边搅动边挤压，一条条洁白如玉、光滑细长的"小鱼"便从马勺小孔中游出，滴入盛有凉水的盆里，锅鲰快速降温，便可食用了。

锅鲰根据吃法不同又可分为浆水锅鲰和醋锅鲰两种。浆水锅鲰是以天水独特的用苦苣制作的酸菜浆水为配料，清凉可口，口味极佳。浆水锅鲰需要炝浆水，炝浆水时在锅内倒入少量植物油，待油温达到七八十度时，把切成小圆圈的辣椒和食盐先放进锅内炒一下，然后把浆水倒进锅内，滚动少时倒些开水，烧开就可以吃了。

盛夏，中午放学后，捞一碗锅鲰，浇上炝过的浆水。端起碗来，呲溜呲溜，锅鲰如一条条小鱼，从口腔滑溜进肚子，然后将碗中浆水咕咚咕咚一饮而尽，饥渴顿解，好不畅快也。或者，中午，爷爷从割麦地里回来，给他盛上满满的一碗锅鲰，他匆匆接过，嘴唇轻轻接触碗边，连吸几次，一碗锅鲰和浆水全部吸入嘴里吃进胃里了，然后大声叫着再捞一碗，好不舒服也。

　　如今，偶尔我也会在外面的餐厅买上一碗，回味旧时的味道，那味道是那么的难忘，勾起我童年时的对于锅鲰的美好记忆，那记忆是那么的隽永，那是家乡的味道。

夏日炎炎话喝茶

茶，从小时候的印象中，就是高雅之物。在农村上罢了中专、大学后在外地工作或打工的小伙子回村，给叔叔伯伯孝敬的都是一包几十块钱的茶叶。赠人者觉大方，不小气，受之者也觉得不是什么贵重之物，是娃娃们的一片心意，心安理得。就是现在拿两罐不是太贵的茶叶走亲戚朋友，也不失为高雅之礼，高雅之举。

小时候接触的茶叶好多都是没有名气的茶叶，最有名的恐怕就是春尖了。茶在农村，是最受欢迎的饮品。年长者，每天早晨天麻麻亮，即起，开始生火煮罐罐茶。一口口浓浓的茶水就着锅盔下肚，顿时精神百倍。如有一天没有顾上喝罐罐茶，则一天呵欠连天，没有精神。有亲戚来，也首先邀请其上炕，咕嘟嘟煮上罐罐茶，你一口，我一口，换着喝，倍感温情。

除了煮罐罐茶，大人们还喜欢用罐头瓶泡上一瓶茶水，待到地里干活疲乏时，咕嘟咕嘟喝上一气，倦意疲乏顿消，接着干活。

我喝茶是从初中开始的，那时学习任务重，每周星期天，都会泡一杯苦苦的茶水，搬一把椅子，坐在院子的树荫下，做上半天的练习题，边思考，边喝茶，既解渴又提神，感觉茶是最好饮料。后来考中专要到县城去考试，爷爷说在舌头下含几枚茶叶，考试时可以神清气爽不瞌睡，我试着做了，果然没有打瞌睡，不知是不是茶叶的作用，也许是老人家对我考试的担心与重视吧。

工作后，喝得最多的是茉莉花茶，总觉得香味太浓，盖过了茶叶的本味，喝了一段时间就不喝了。换喝绿茶，喝着喝着竟然睡不着觉了，遂作罢。但每每与朋友聚会见他人喝茶，总想立即端起来喝上几口，以解思茶之情。

多年以后，有几次在办公室试着泡了茶喝，也没见瞌睡减少，一切如常。就循序渐进，又开始喝茶了，方买了茶具和茶叶，于忙碌后的周末，在家中放一曲秦腔，泡一壶清茶，茶水入口，化作对万事万物的淡然与平和，茶水入口，方知人生如茶，开始浮浮沉沉，终究要心归一处，沉淀出馨香四溢的人生。

记得一位作家在一篇文章中写到，喝茶不在茶的好坏，而在喝茶时的心境。心情好了，喝啥茶都畅快。我们小时候喝的不知名的苦苦的茶，那时候觉得有茶喝很幸福，可以解渴，还可以掩盖水的异味。现在，约三两个好朋友聚一起，坐在花园中，回忆回忆过去，谈谈文章，聊聊花草，喝喝茶，实在是人生一大快事也。

　　盛夏的白天，办公室泡一杯，边工作边喝茶，暑天的烦躁渐渐消退，恢复了平静的心境。晚上，回家煮一壶或泡一壶，边品茶，边看书，茶味淡而悠香，书意浓而隽永不散。置身其中，如入幽兰之境，令人久久回味，甚是留恋。

　　来吧，在夏天里喝杯茶吧，喝下人生的清凉，喝出诗意的人生。

夏日炎炎啖杏子

　　从四月份家门前的小杏树上的杏子还只有指头蛋大小时，就可以从水果超市买上黄灿灿的大板杏了。我会隔三岔五地买上不同品种的杏子，尝尝不同的味道，感受不同的体验，勾起小时候关于杏子的美好回忆。

　　小时候特别爱吃杏子，很是羡慕家有杏树者，因此特别希望自己家里能有一棵杏树，到了夏天就可以尽情享用杏子，而不用去旁人家要或偷杏子吃了。

　　那年终于看到了希望，我们搬了新家，新的院子有一棵一尺来高的杏树苗，我高兴之极，天天给它浇水，日日眼巴巴盼望着它快快长大。天有不测风云，树有旦夕祸福。一天，我家的猪饿极了，突然吃掉了杏树苗，断绝了我拥有杏树的希望。我彻底被激怒，开始撒泼打滚，哭闹不停，一天都不吃饭。邻居刘大爷闻着哭声而来，问明原因后，赶忙说，这事好办，他家后院有一棵小杏树苗，移栽过来就行了。我破涕为笑，忙跟在爷爷身后，看着他们将杏树苗移栽到我家一个两米高的土台之上，猪再也够不着吃不掉了。我天天观察它的长势，恨不能明天就长高长大，后天就吃上杏子。

家里没有杏树，可难不住我们小孩，我们就去偷。还专门偷没有成熟的青涩的杏子。刘爷爷（我们村大多数人家姓刘）家的菜园子有一棵一丈高的大杏树。每到夏初，枝头就缀满青绿的杏子。他腿不好，行动不便，每天坐在菜园小屋的炕上通过窗户观察着门口的动静。菜园门没有锁，只是在里面有一个横着的插销插着门。可门缝很大，我们的小手刚好可以伸进门缝将插销取下。然后大模大样地进入，爬上杏树，摘满一帽框杏子，等刘爷爷拄着拐棍出来，我们已扬长而去。青杏子吃不多几颗就酸倒牙。吃不动了，我们就将杏子砸开，取出小小的软软的杏仁，塞进耳朵，孵上，使杏仁变得温热透明，那时觉得甚是好玩。

偷完青杏子，就等着杏子黄了，这时也放暑假了。远方的大姑姑家有杏树，她会提上一大筐杏子来看爷爷奶奶。这是我最高兴的时候，一天三顿饭也不吃了，专门吃杏子，直至吃得面如杏色，爷爷奶奶急忙将杏子送人，方才作罢。可等大姑姑返回时，我又缠着跟她去。到得姑姑家，就爬上杏树吃杏子，直吃到拉肚子才不吃了。吃杏子攒了好多的杏核，就砸杏核取杏仁去商店换钱，或约了小朋友抓杏核玩，一天玩得不晓得吃饭，直至姑姑满村扯着嗓子喊我，才意犹未尽地回家，如此在姑姑家度过一个好玩的愉快的假期。现在吃杏子容易了，是纯味蕾的享受，少了精神上的乐趣，也许是少了小时候那种肆意玩耍般的吃杏子和自由自在的孩提生活才令人难忘的吧。

秋冬、馓饭香

记得小时候，随着秋渐渐深，天气慢慢变凉，早饭就可以吃馓饭了。

一大早，家里其他人都到地里劳作去了，奶奶开始散馓饭。只见她左手攥紧金黄的玉米面摇晃，面粉从指缝细细落入锅里的开水中。她两只小脚站立稳，用腰胯部发力，身体带动手臂，手臂带动擀面杖在锅里不停画圈搅动。还不时停下来往灶火里添柴，做到"不温不火"。等馓饭不稀不稠的时候，盖上锅盖焖一两分钟，随着馓饭表面咕嘟咕嘟的气泡爆裂声，香气已经溢满整间厨房，甚至老远的地方都闻得见，这时就可以食用了。

馓饭馓好了，爷爷和姑姑也都回家来了。给每人舀上一碗，馓饭上再铺一层酸菜下饭用。姑姑们趴在桌子上吃，爷爷则走出门蹲在巷道里和同样吃馓饭的街坊邻居边吃边聊，互相交流馓饭的味道以及地里的收成。吃完一碗馓饭，浑身上下凉意消散，胃里暖融融的，很是舒坦，爷爷就又去地里劳作了。

吃馓饭也有学问和技巧。我年龄小的时候，跟着大人学着吃馓饭。一手端碗，一手持筷，夹起一筷子酸菜放在碗边，端碗的手稍微倾斜，给筷子一个恰当的发力角度，端碗的手配合筷子的动作，双手同时用力，手腕内旋，筷头上的酸菜便旋起一抹馓饭。吃进嘴先含一会。等馓饭的滚烫减弱，酸菜的凉爽透出来，此时稍加咀嚼，吞咽下肚，一股火热顺喉而下，冬日的严寒顿时消失殆尽。吃完饭还要将碗舔得干干净净，刚开始总觉得舌头不够长，舔碗时馓饭糊得脸上一片一片。经过一个冬天的舔碗练习，慢慢也学会了将碗舔得如水洗的一般干净了。

上小学后，冬天早上九点学校要放学生回家吃早饭。早饭一般是馓饭。奶奶总是在我回家前已经馓好了馓饭，回家就能吃上饭。有一天回家匆匆端了一碗馓饭，在院子边走边吃，不小心绊了一跤。滚烫的馓饭全倒在了左手手背上，同时锋利的碗片将右手手掌割开了一道口子，至今左手手背有被烫伤后留下的疤痕，右手手掌也有割伤愈合后留下的疤痕。现在每看到这疤痕，我都会想起小时候吃馓饭的情景，眼前会浮现养我长大的黄灿灿的馓饭，鼻子仿佛能闻到馓饭弥漫开来的香味。

时过境迁，馓饭承载的不只是一种时代的烙印，更是一副难以释怀的温馨画卷。最难忘一家人围着火炕慢条斯理，有说有笑，不管外面大雪纷飞，还是狂风怒号，都好像未曾发生似的，只管心安理得地暖着热炕吃馓饭，十分温馨。后来外出读书和工作，就再也没有吃上过奶奶的馓饭，但对馓饭的记忆和想念犹如永不断的乡愁，时刻萦绕脑际，在这秋意渐浓，冬天不远的时刻愈来愈深刻，愈来愈强烈。

家乡的豆腐

小时候，吃的东西不多，过年要准备的最重要的年货就是豆腐。那时没钱买豆腐，家家都是要用自种的黄豆到豆腐坊做豆腐

做豆腐前要将选好的黄豆泡在清水缸里，这样黄豆磨起来就容易。由于做豆腐的人家特别多，家家户户都要排队等候。等到捱上我家了，爷爷将泡好的黄豆挑进豆腐坊，就开始磨豆腐。男人推动一个带拐把的小石磨转动，女人将黄豆一勺一勺舀入石磨眼儿，时不时地还要往磨眼里加点水，干净豆子被磨细后变成浓浓的糊状从石磨的石渠中流出，直接流进大木桶中。磨好后，在一大锅上放一个"井"字形的木架子，男人将磨好后的豆糊糊装入一个口袋，然后拧紧袋口，用力揉搓挤压，白色的豆浆就汩汩流进下面的大锅里了。

等锅里的豆浆烧开了，就开始点豆腐。点豆腐的匠人用一马勺盛满浆水，一点点注入锅里的豆浆中，锅里转眼就出现一疙瘩一疙瘩的豆花。等满锅的豆浆全变成豆花，大人就盛上一碗豆腐花，叫醒等了一晚上盼着吃豆腐花的小孩子，孩子就睡眼迷离地香喷喷地吃起来。那时觉得豆腐花是天底下最好吃的食物，至今难忘。当锅里的水变得清澈见底的时候，男人就将所有的豆花舀出来，倒入一个铺好纱布的大箩筐里，再把纱布包好，在上面放一块厚厚的木模板，木板上面压上大石头，将纱布和豆花一起压住。等几个小时后，豆花被挤压成豆腐。

豆腐做成后，爷爷就挑回家，切成大方块，泡入缸中的清水中，等吃时捞上来，或炒或烩都可。那时候过年，菜少，大家最多炒四个菜，俗称"四盘子"，即炒血馍，炒豆腐，炖猪肉，还有丸子一盘。其他三个可能一家跟一家有所不同，但以豆腐为原料的菜是家家必备的一道。有时是热腾腾的炒豆腐一盘，一端上桌，大家一边吹气防烫，一边放进口中慢慢咀嚼，等温度降低，嫩滑鲜美的豆腐即顺喉而下。有时一家人围坐在一暖锅子周围，豆腐在暖锅中的一众绿菜中白得分外耀眼，白得令人口水欲滴，此时吃一片豆腐，是视觉和味觉美的享受。

那一缸的豆腐，烩着吃、炒着吃、拌着吃，天天不离豆腐，一直能吃到正月十五甚至吃到二月份。有亲戚来了，走时送上一块浆水点的豆腐，亲戚也很高兴。后来读书和工作后吃的是卤水点的豆腐和石膏点的豆腐，总觉得没有浆水点的豆腐味道纯正。现在做豆腐也机械化了，但仍然觉得老家人用石磨一点点磨出来的豆腐劲道。

　　时隔这么多年，想起做豆腐的过程仍是那么的清晰，嗅到家乡的豆腐、吃到家乡淡淡浆水点的豆腐仍是那么的细腻，味道是那么的纯正，口感是那么的好，放在锅里耐煮，吃、品都是后味无穷。

亲亲的麦子

　　麦子在我心里，比金子更可亲。小时候麦子总是不够吃。麦子刚成熟，农人就跟过年似的，吃上几顿死面油饼子、几顿浆水面，咂咂嘴，心满意足，回味悠长。

　　每年中秋过后，老家清水的冬小麦就开种了。天麻麻亮，爷爷吆喝上两头驴，扛上耕地用的犁铧，领上姑姑、姑父们去种小麦了。等奶奶早饭做熟了，我提上一瓦罐拌汤和几个馍馍，给他们送去早饭。等我到地里，地已经犁完了一大半，空气中弥漫着清新的泥土味道。我就跟姑姑们学着打胡基和拾杂草，姑姑教我打胡基要攥紧刨子的把，不然一会儿双手会磨出水泡，拾杂草务必要将根须拔尽，否则有根埋在土里就会春风吹又生的。种麦子的最后一道工序是耱地，也是我最喜欢的。牲口在前面拉着两米长的耱在耕过的地上来回走，我蹲在耱上给耱一个重力，使耱更好地与土地接触。如此十几个来回，我如坐在车上一般，新鲜刺激。耕过的地面也被耱得平整，方才宣告麦子耕种完毕，就等待出苗了。

小麦出苗后长不久，就要越冬。如果有充足的降雪，就会确保小麦适宜过冬的温度和湿度，使小麦不被冻死导致来年缺苗严重，影响产量。"今冬麦盖三层被，来年枕着馒头睡"就是这个道理。过完春节，气温回升，爷爷就用刨子震压小麦，敲敲打打麦地拔除杂草，土地变得松软。太阳融化了积雪，小麦苗们喝着甘甜的雪水，个个精神抖擞，大家争着往上长。没过多久，它们已经变得绿油油的，头顶长出了一个个四棱的麦穗。到了农历五月初五左右，随着"旋黄旋割鸟"此起彼伏的叫声，麦子黄了，就要开镰了，马上可以吃上新麦面了，青黄不接的艰难就要捱过了，家家户户喜出望外。

"远处蔚蓝天空下/涌动着金色的麦浪/就在那里/曾是你和我/爱过的地方……"（李健《风吹麦浪》）充满怀旧气息的歌曲，唤起的不是爱情的甜蜜，而是和收麦有关的记忆。看大人割麦是一件赏心悦目的事。镰刀贴着地皮，挥出一道优美的弧线。瞬间，麦子便倒进他们宽大的怀里。顺手，抽出一绺作捆子，就势将麦子翻转过来，捆好。麦捆从腋间滑落下来，躺在田垄上。这一连串的动作一气呵成。我们娃娃则跟在大人身后拾麦穗，细心地寻找麦穗，唯恐遗漏一粒。直干到天黑，才吆喝上毛驴驮上麦捆往麦场赶。

麦子驮到场里，就要趁天晴碾场。最早是由牲口拉着碌碡绕圈碾压摊在场里的麦秆，往往要一下午才能碾完。后来有了拖拉机，由拖拉机拉着碌碡碾场，两个小时就碾毕了。碾场完毕就要扬场，扬场好把式借风势将一锨锨麦粒用力扬向空中，落下时麦粒和麦子壳分开，麦粒干干净净成一堆躺在一旁，然后将饱满干净的麦粒装进口袋。这时，人们被那散发着香味的麦子诱惑得已经忘记了疲劳，等待着饱食一顿的日子。

新麦子下来后，奶奶将爷爷从十几里外村庄磨回来的白面和成面团，揉成棒状，埋进尚有余温的灶膛灰烬，等一会烤得干硬的白面棒棒出来了，我立即捧起来啃食。还没有尝出味道，由于棒棒太硬，我用力过猛，一不小心，将一颗牙齿硌掉了，后来成为家人的笑谈，这也是我吃麦面留下的最为深刻的印象。家家户户有了白面，大人小孩喜上眉头，白面拌汤，白面长面，白面馍馍，一天三顿都是白面。有了小麦也可以换钱买煤油、买铅笔、买花花绿绿的糖果了。哦，我的亲亲的小麦吆。

亲亲的玉米

玉米在清水老家叫仙米。每到秋季，家乡的田野，到处是一片一片郁郁葱葱的玉米地。玉米棒头部叶子裂开了嘴，露出了黄灿灿的玉米粒，炫耀着自己的饱满与充实。玉米已经成熟，胡须都干了，随着风飘飘扬扬。

广袤的田野中，到处是掰玉米的乡亲，家家户户一派忙碌景象。大人们脖子上挎一个篮篮或筐子，猫腰穿行在茂密的玉米秆间，忍着玉米叶划过皮肤火辣辣的疼，左右开弓，将玉米棒一个个掰下来，放在筐子中，等筐子满了，再走出地头倒在空地。如此往复，半天时间几个人就把几分地的玉米掰完了。

掰玉米对大人是苦差事，对小孩来说是乐事，我们将玉米胡子撕下来一绺一绺粘在下巴上，装老爷爷，闹着玩；或是在捉迷藏，玩得渴了，将玉米秆折成一节一节，剥掉皮，一口一口咂着吃，或甘或酸的汁液是童年的甜蜜记忆，至今难忘。等到饿了，拾来干柴，烤玉米吃，烤得黑乎乎的玉米棒是食物匮乏的年代里难得的美味，一个个争抢着吃。晚上回家后，奶奶又会把尚未成熟的嫩玉米煮熟，全家人围着一盆玉米棒，边闲谈边吃，鲜香的玉米下肚，消了饥饿，忘了困乏，其乐融融。

掰下来的玉米棒全部运回家后，大家动手将玉米皮从头剥至根部扎成辫子，几个玉米棒绑在一起成为一捆，然后在廊檐下搭一个架子将成捆的玉米棒一摞一摞搭在上面让太阳晒和风干。欲吃玉米面时，取下来最上面晾晒干了的几捆。晚上家人围坐在庞大的圆簸箕旁边，一边聊天，一边用手剥下一颗颗玉米粒。最后只剩下一大堆玉米芯子，成了我们烧火做饭或烧炕的好原料。

在20世纪70年代，玉米面成为老家人们的主食。每天都要吃玉米面，夏天早上吃玉米面疙瘩、玉米面饼子，中午是玉米面漏鱼儿。冬天早上吃玉米面馓饭，有时是玉米面搅团。除了充饥，玉米还可以爆米花，那是童年最期待的事情。等待爆米花的情景至今让人难忘。只见爆米花的师傅，手握着一个椭圆形的罐在炉火上不停翻转，旁边排着等候的人。几分钟后，师傅把罐从炉火上取下来，套在地上一个尼龙袋子上，大家赶紧一边后退一边捂住耳朵。只听"砰"的一声，一股混着炒米香味的热气从袋子的缝隙钻出来，一些米花跳到地上，大人赶紧用容器将米花装起来。我们拾到漏在地上的爆米花，立即塞嘴里，津津有味地吃起来。

　　如今的我时不时会买碗玉米面漏鱼儿吃，或是买些糯玉米棒、水果玉米棒煮着吃，从中回味家乡的味道，回味玉米陪我度过的艰难岁月，仔细打量哺育我长大的金黄灿烂结实饱满的玉米粒，童年往事如潮水般涌上心头，历历在目，久久不能散去。

亲亲的土豆

土豆，家乡人称洋芋。土豆祖籍南美洲，至今已有四五千年的栽种历史，当时的印加人，不仅食用土豆，还把土豆当药用。由于土豆是引进物种，所以中国人又叫它洋芋。土豆是最平常的一种植物，但却最与我们息息相关，即使是食品非常丰富的今天，餐桌上也离不开土豆。记得小时候，食品匮乏，其貌不扬的土豆填饱了我们饥饿的肚子，养育了我们。那时候，几乎一个冬天，就吃土豆，上顿下顿连着吃，但就是百吃不厌。往往晚饭时，饭做好了，奶奶在灶膛尚有余温的灰里悄悄埋下几颗土豆，等烧熟后我捧在手中，边用嘴吹边忍着嘴烫啃食，那土豆的醇香至今难忘。

记得那还是生产队时期，到了土豆播种期，妇女们就聚在一起削土豆种子，把一个完整的土豆按芽切成一块一块，就成了种子。为防止人们偷食种子，队长就命人用大粪将土豆种子拌了。然而，还是有人偷了种子洗干净供大人小孩食用，度饥荒。包产到户后，粮食虽然够吃了，但在农村土豆仍是主要食品，种土豆十分重要。爷爷挑选疏松肥沃、排水透气性良好且向阳的一块地，深耕细犁后，用镢头刨出一个个深深的苗坑。姑姑们将发芽的土豆块放入到挖好的苗床中，覆盖上细土，轻轻压实避免嫩芽受损。一个月后嫩芽就会冒出地面，长成幼苗了。

经过施肥、壅土等田间管理。一个月后，土豆苗长高了，开花了。作家迟子建在其小说《亲亲土豆》中这样描述土豆花："那花朵呈穗状，金钟般垂吊着，在星月下泛出迷幻的银灰色。当你敛声屏气倾听风儿吹拂它的温存之声时，你的灵魂却首先闻到了来自大地的一股经久不衰的芳菲之气，一缕凡俗的土豆花的香气。"我非常喜欢土豆花，曾把它作为礼物送给喜欢的女生。土豆开花的时候，枝头还会生出一个个绿球球，像一串串铃铛，随风荡漾，甚是好看。土豆开花后大概30至50天的时间就成熟，该起土豆了。爷爷在前面用镢头一苗一苗小心地挖，我和姑姑们用手将坑里的土仔细刨掉，露出朴实硕大的土豆，然后装筐一担一担挑回家。

挑回家的土豆需要储存起来慢慢吃。在故乡，冬天，无论哪一家都要多多储存一些土豆的，一般都是挖一个菜窖，把土豆还有白菜萝卜统统放在里面。记忆里储存最多的就是土豆，好似只要家里储存土豆了，就有了底气似的，一个冬天的吃菜问题就不用愁了。刚参加工作时，有一个当储藏室的小房子，也是每年冬天要买来储存两尼龙袋子的土豆。整个冬天不是切丝炒酸辣土豆丝，就是切块炖土豆，或者做大盘鸡、土豆红烧肉等，咋吃都很好吃。

　　不知不觉，已经离开家乡三十多年了，虽然蔬菜越来越丰富，口味越来越重，对饭菜的要求也越来越高。然而土豆，特别是土豆丝依然是我的最爱，百吃不厌。每次去菜市场买得最多的就是土豆，看着一个个土豆，普通得不能再普通了，可是，每每捧在手中，有着不一样的感觉，会情不自禁地想起家乡的田野，想起父辈、祖辈劳作的佝偻的背影，想起普通的土豆陪我度过的艰难岁月，哦，亲亲的土豆吆！

卷 四

尘封的回忆

童年三宝

　　小时候，有许多有趣的事情和难忘的人，但在我心中，最难以忘怀的是陪我度过懵懂童年和少年时的连环画、收音机和煤油灯，那是我的三件宝贝。

（一）连环画

　　现在，每当看到很多小朋友，手捧着厚厚的书本，在自家走廊上静静地观看时，我眼前就浮现出自己小时候，手捧书本看书的情景。不过，那时候我所捧的不是现在这样的书本，而是现在很少见的"连环画"。

　　小时候家里穷，几分钱一本的连环画也买不起，我经常借村上玩伴的连环画看。我信奉"好借好还，再借不难"的道理，借来后，晚上点着煤油灯趴在被窝看，看完后第二天立即送还，再借新的一本。这样，小学五年，读了好多连环画：《闪闪的红星》里面火烧胡汉三的潘冬子的机智勇敢深深地打动了我；《桃园结义》里面刘关张的兄弟情义令人难忘；《阿诗玛》里面阿诗玛和阿黑哥的爱情故事感人至深。还有很多很多，比如有从石头里面蹦出来的孙悟空的《孙悟空三打白骨精》；有一个小孩拥有一支神笔的《神笔马良》；有能上天下海的哪吒的《哪吒闹海》等等，历经三十多年的沧海桑田，那些鲜活动人的人物形象，依旧浮现在眼前，仿佛就在昨天。

那时候，连环画就是我童年唯一的精神食粮，为了能够尽快读完借来的连环画，我在课堂上和老师斗智斗勇，偷看连环画。上课的时候，打开教科书，把它竖立在桌面上，便成了一道"偷阅"连环画书的屏障。从口袋里掏出连环画，打开来，躲过老师的视线，动作麻利地把连环画放在竖起的教科书边，看起来，真的是神不知鬼不觉。当然也有被老师发现的时候。读到精彩处，兴奋之情就会写在脸上，暴露无遗。老师是知道的，他的讲课内容，还不足以到让我高兴到那种程度，兴奋了，警惕心就下降了，老师来到身边都浑然不知，立刻被逮个正着。

借着看了好多连环画，我常常梦想着能够拥有自己的一本连环画。

一次，我得了病，在镇上医院看病，住院治疗。我对扎针输液体十分恐惧，扎针时哭闹着不配合。爷爷便到新华书店买了几本东周列国故事连环画，让我一边读着连环画，一边扎针输液体。果然，我被连环画所吸引，不再害怕扎针输液。爷爷共买来了四本东周列国故事连环画，读来有不同的感受：《烽火戏诸侯》写了周幽王的愚蠢和褒姒的无知；《掘地见母》讲述了郑庄公原谅母亲至亲至孝的故事；《五羊皮》中秦穆公用五张羊皮换来了百里奚，并拜为相国，成就了几千年来一段君臣佳话；《卧薪尝胆》让我明白了一个人要成大事，必须"忍别人之不能忍，成别人之不能成"。

有了爷爷买的四本连环画，我就和有连环画的小伙伴互相交换着看。后来，我上初中学了，就省吃俭用，省下来的钱，全部买了连环画。等上中专后，我将一小木箱连环画送给了不再上学的小伙伴。

我小时的记忆力好，看到爱不释手的连环画，能努力地将这些书中的故事情节在脑中记下来，闭着眼睛都能背得滚瓜烂熟。我的记忆中，苏秦可以身背六国相印，诸葛亮可以呼风唤雨，水浒的英雄们可以大闹江湖……下课了，同学们都把我围起来，我就把这个故事说给小伙伴和同学们听。上课的铃声响了，同学们才意犹未尽地离开，那段时间我是自豪的。

童年时代，看完这些连环画后，我们还把书中的故事情节，当作日后的游戏，上场来演练呢！现在我还记得，一天下午，在放学后，我和几个小伙伴就商量好，到我们家附近小树林子里，拿木头刀和小红旗，去演《三国演义》里的刘关张，去演《西游记》里面的师徒四人，去演《闪闪的红心》里面的潘冬子和胡汉三……

回忆童年那段快乐的时光，我要感谢爷爷奶奶，在物质生活极为贫困的日子，在饭吃不饱的年代，他们没有反对我看书买书，反而支持我，给了我莫大的鼓励，使我拥有充裕自足的精神生活。每当想到这个，我心里总充满着浓浓的感恩之情。

现在，虽然很少看连环画了，我却十分迷恋小时候那段日子。是它让我对读书有了兴趣。现在读书已经成为我生活的一部分，我将在读书中提升自己的文化素养，做一个有趣而有用的人。

（二）收音机

"午夜的收音机，轻轻传来一首歌……"

听到《明天你是否依然爱我》这首歌，深有感触，我童年的夜晚，常常是在听着收音机播放的歌曲或广播剧中静静睡去的……

小时候的农村既没有电，也没有报纸，更没有电视机，唯一能够娱乐和传递信息的工具就是收音机。

我小学语文拼音学得不好，老师让用普通话朗读课文我做不到，常常引起同学们的嘲笑。我就央求爷爷买一台收音机，跟着学普通话和拼音。一日爷爷赶集，真的花80块钱买了一台红灯牌收音机。我爱不释手，伊始，听不懂播音员的普通话。于是，我选择了强制灌输，不管听得懂听不懂，一有空就抱着听。一月过后，就听得懂中央台《新闻与报纸摘要》节目，听得懂《党啊，亲爱的妈妈》《我爱你，塞北的雪》和《泉水叮咚》等当时的流行歌了，而我的普通话和拼音水平有了新的提高，不再发愁上学朗读课文了。从此，收音机就像老师，像同学，常常伴我左右，带来知识和快乐，一些节目至今难以忘怀……

记忆最深的是《小喇叭》节目，每到播出时间，伴随着童声

"嗒滴嗒、嗒滴嗒、嗒嘀嗒——嗒——滴——小朋友，小喇叭节目开始广播啦"的开始曲，我就静静坐在收音机前，准时收听中央人民广播电台《小喇叭》节目。广播内容有故事、儿童歌曲、儿童广播剧等少儿文艺。我第一次听《西游记》，认识了七十二变一个筋斗十万八千里的孙悟空；第一次听叶圣陶的童话故事《大林和小林》，知道人如果好吃懒做，就会变成一个寄生虫，最后饿死在金子堆里；如果勇敢正直，就会成长为一个有出息的好孩子；第一次读《高玉宝的故事》，见识了一毛不拔的周扒皮和聪敏伶俐足智多谋的高玉宝……

我还喜欢听评书。评书是那时电台最重要的节目，总是被安排在中午和晚上的黄金时段，每天只播放一集，绝不多放。最早听的是单田芳的《隋唐演义》，常常和小伙伴们争论隋唐英雄谁武功最高，排名第一，谁最情商高，朋友圈广；最爱听的是《穆斯林的葬礼》，那时，虽不懂爱情，也被楚雁潮和韩新月的爱情故事和悲剧人生吸引和震撼，感动流泪；最感人的是路遥的《人生》，高家林和刘巧珍的故事让我明白，人生的道路虽然漫长，但紧要处常常只有几步，特别是当人年轻的时候，没有一个人的生活道路是笔直的，没有岔道的，我们该怎样留下自己的脚印呢？这是我们每个人都要深思，都要严肃对待的问题；最难忘的是每到暑假，在地里干农活，为了不耽误下午的评书，将收音机也带到地里，一边听收音机一边劳动，身体的疲劳被评书化解于无形，岂不美哉。

通过收音机耳濡目染，我喜欢上了听戏曲，坚持听甘肃台和陕西台每天晚饭后的戏曲广播，迷上了全巧民、任哲忠、肖若兰等戏曲名家演唱的剧目。初中在学校寄宿，远离了收音机，也远离了评书和戏曲，只有放假时能偶尔过过瘾。虽然不常听了，但对很多故事还是记忆犹新，耳熟能详。特别对秦腔《三娘教子》、眉户《张连买布》、碗碗腔《梁秋燕》爱之尤深。我被三娘的坚贞所感动，为张连的不着调而叹息，为梁秋燕的勤劳而赞赏。

工作之后，业余时间几乎都用来看电视、看报纸、上网，虽然我的电脑里存着很多部下载的评书和戏曲唱段，偶尔也拿出来听听，却变得意趣索然。

如今，走在马路上、校园中，不时看到有些老年人手里提着或者口袋里装着收音机，一边踱步一边听着新闻，很是悠闲，让我不禁心生羡慕之情，有了重新买一台收音机的冲动。因为，我感觉，明天我依然爱它。

（三）煤油灯

一日，家里没电，外面也买不到蜡烛了，只能在黑暗中等着通电。左等右等不见来，忽然想起能有一盏煤油灯该多好，虽然它没有电灯亮，但起码可以带来一丝的光亮，让人不至于在黑暗中摸索，什么事也干不成。想起煤油灯，不禁让人思绪绵绵，感慨万千，想起了小时候在煤油灯柔软的灯光下度过的难忘岁月……

每当夜幕降临，吃晚饭时，奶奶就哧的划着一根火柴。点亮小小的煤油灯，并放在屋里的高处，说是低灯高亮。一刹，房间里就布满了温暖的灯光，驱走黑暗，洒落在全家人的脸上，像蒙了一层土黄色的膜。吃完饭，奶奶就搬炕桌到炕上，让我写作业。我遂将煤油灯放在炕桌上，铺展开作业本，凑着摇摇晃晃的灯光，一笔一画写就起来。写到忘神时，一不小心，就被煤油灯燎了眉毛和前额的头发，惹得姑姑们一边纳着鞋底一边哈哈大笑。有时，鼻孔被熏得难受，掏一掏也满是黑色的油烟。

我做完了作业，就嚷着在灯下缝补着衣服的奶奶，求她慢悠悠地讲故事。奶奶不识字，讲的故事说不清时间、地点，也缺少跌宕起伏的情节，但奶奶知道的可真多：董永与七仙女、梁山伯与祝英台、白蛇与许仙、嫦娥奔月、孟姜女哭长城……故事一个接一个，总也讲不完。虽说奶奶讲得很简单，可我们仍听得如痴如醉。偶尔，爷爷也会给我们讲"匡衡凿壁偷光""孔融让梨"等励志故事。在那个文化生活极其贫乏的年代，爷爷奶奶用那些连绵不断的故事，喂饱了我的童年，给了我无尽的欢乐，使我懂得了许多的人生哲理。

即便就是那样简陋的粗糙的煤油灯，也是家中不可或缺的东西，更是我童年时的宝贝。家里要费很大劲才能制作一盏煤油灯。

用一个空墨水瓶做灯盏底座，找来挤完牙膏的牙膏壳，卷成两寸长粗半厘米左右的细筒，再将棉花搓成细条做灯捻子，把捻子穿过细筒，再把细筒塞进墨水瓶，细筒中的捻子一头伸进装有煤油的墨水瓶里，另一头露在墨水瓶外，用火点燃捻子，就有了一跳一跳闪动着的灯光，一盏简陋的煤油灯就制作完成了。

童年时煤油灯是我亲密的伙伴。那时冬天上学早，天还黑着。爷爷就找来一木圆墩，在上面凿一个圆坨，把灯盏放进去，上面再套一个纸糊的灯罩，就成了一个简易灯笼。我打着灯笼去上学，既照亮了去时路，又驱散了恐惧。到校后，将灯盏取出，点亮，它又伴我读"鹅鹅鹅，曲项向天歌"和"我爱北京天安门"了。我的童年就是在煤油灯的陪伴下度过的。虽然它灯光昏黄浑浊，虽然它其貌不扬，但那时是我唯一的照明工具。

煤油灯虽小，作用大。不仅陪我写作业，还陪我看课外书。在它的柔光下，我读了英雄黄继光，读了千秋忠烈杨家将，读了西天取经孙悟空，还读了一本本连环画。那些书始终滋养着我，教诲着我，从一个懵懂孩童长大变老，从不很理解书中的意思到今天的自己动手写作。煤油灯的陪伴是光明的陪伴，温暖的陪伴，更是最便宜的陪伴，最合时宜的陪伴。因为制作它不需要很高的代价，唯一花钱的地方就是要买煤油。

上了初中，我们的目标是考中专。老师就给我们传授经验，说能考上中专的学生都有一宝，就是煤油灯。原来，虽然学校有电灯了，但学校的熄灯时间是晚上10点，这个时间对于要考好成绩的学生来说显然是太早了，于是煤油灯就又发挥作用了。它不受时间地点空间的限制，无论在教室还是在宿舍，只要你点煤油灯学习，你想学多久就学多久，没人管。这样，我就从家里拿了一盏煤油灯，开始向前辈学习，三更灯火五更鸡地学习了。好在几年过后，我考上了心仪的中专，从而离开了家乡，也离开了煤油灯，从事了电力工作。

岁月也在煤油灯跳动的火苗中远去了，时代不同了，煤油灯已远离了我们的生活，它曾经的光亮已被如虹的电灯淹没了，可是，煤油灯那小小的火苗，依旧固执地温暖着我的记忆，是它那星星之火，点燃了我的智慧；是它那如豆之光，照亮了我的人生。我心中的渴望，就像它的光芒一样，虽然微小却很执着，偶有飘摇却永远不灭！

.

过年的记忆

俗话说："过了腊八就是年"。小时候，我的年就是从腊月八开始的，因为这天是我的生日。一大早，奶奶便熬好了小米粥，提前给我晾上一碗。等我起床，有意义的生日的一天就开始了。先是吸溜吸溜喝完一碗粥，然后跟在姑姑们屁股后面，到小河边挖冰。三个姑姑相互合作用锄头从河中挖出屁股大小的一块冰，装进背篓。背回家，爷爷早已等候多时，他仔细观察冰的纹理状况。如果冰里面有小米样的气泡，预示来年小米丰收，就得多种小米；如果有玉米样的气泡，就得多种玉米，如果啥都没有，爷爷就叹口气，说明年是荒年。看完冰，爷爷就生火炖鸡，准备为我庆生。待到中午，香喷喷的鸡肉就出锅了。一家人坐在热炕上边啃骨头边商议着如何置办年货，烟气氤氲中散发着浓浓的家的味道。

腊八节过后，就要做豆腐了。一个村子也就一两个做豆腐的点，谁家想做豆腐，要提前去排上队。我最关心的是何时能吃上豆腐花。爷爷去排了队，我就一天天地等，盼望着盼望着，终于挨到我家了，却是在半夜做豆腐。晚上，我不回家，在做豆腐的地方看大人推着小磨磨事先泡好的黄豆，慢慢将黄豆磨成汁，然后将汁舀进带有小孔的布袋中使劲挤压，挤压出的豆浆流进锅里面，烧开后，就一勺一勺将浆水逐渐浇入开的豆浆中，这就是点豆腐。浆水入锅后，就可以看见一块块白嫩白嫩的豆腐花生出来了。爷爷急忙拿来搪瓷碗，给我盛上一碗豆腐花，我已对豆腐花望眼欲穿，接过碗顾不上烫嘴就吃。匆匆吃完，倒头就睡，在梦中期待又一个美好明天的来临。

做完豆腐，就要杀过年猪。腊月里，杀猪的屠夫很忙，也得排队等。终于要杀猪了，看着几个大人将大声吼叫的猪的四个蹄子抓住，头按住。屠夫用刀要稳准狠，如刀扎不到猪的心脏上，猪就会挣脱伤人。眼看着刀子从猪的脖子进去，鲜血流出，吓得不敢看，急忙跑出门外躲了起来。等到猪没了声息，才敢回到院子中，等着要猪尿脬吹球玩。屠夫将猪尿脬扔给我们小孩子，我们便吹成足球大小的皮球，在地上踢来踢去玩耍。将吹圆的皮球踢瘪，踢瘪了再吹圆，如此反复，冻得脸蛋通红，吹得嘴唇黑紫，玩得不亦乐乎，好一个快乐的童年，难忘的年啊。

腊月二十三，灶王爷在人间为一家人辛辛苦苦照看了一年的日常，到了这天要回到天上向玉皇大帝禀告一家人的言行。到傍晚，在灶台上摆上香案祭灶，献上馅饼和粘牙糖，目的是要将灶王爷的嘴粘住，上天后就无法说坏话了。也不知道能不能粘住灶王爷的嘴，粘牙糖却成了我小时候的最爱。平时吃不上糖，只有这天，祭献完灶神的粘牙糖我可以放开吃，不怕粘牙，就怕糖少不尽兴。含在口中怕融得太快，融得太慢了又怕感觉不到甜，真是既甜蜜又纠结的一晚上。

小年过后就要扫房子、蒸馍馍，这些都不需要我参与，我最关心的是写春联。我不会写字的时候，都是请村上会写春联的师傅写的。等我上学学会毛笔字后，我家的春联就都归我写了。虽然写得不好看，但是很用心，写的全是吉祥话："新年纳余庆，嘉节号长春；云霞出海曙，梅柳渡江春；天增岁月人增寿，春满乾坤福满门"等等，让人感觉年味浓浓。此外我还结合自家实际，自己编写春联的内容，家里人看着我念的书还有点用，字歪歪扭扭丑点也没啥，还颇为得意。到了成年了，就再也不敢动笔了，过年贴的全是买的春联。

到了腊月三十，下午开始贴春联，然后"接先人"，就是在门外磕头烧香祭奠，迎接故去的先人的魂灵们回家过年，家里也已经给他们准备好了"年夜饭"，献在了正房的桌子上。吃完年夜饭，就开始守岁。家人们一起喝酒、玩牌、闲话，守着守着就都睡着了，一觉到了明年。大年初一迎喜神、拜年、转亲戚，这样一个热热闹闹的年便开始了。

离开家乡，离开农村已多年，但家乡的年是难忘的，热闹非凡的，多彩的，红火的，温暖的，那里有美好的记忆，那里有我深深的牵挂与留恋。

春天的记忆

记忆中，春天里有许多有趣和有意义的事，至今难以忘怀。

正月十五左右，草都发芽了。我们小孩子们就相约去剜苜蓿芽芽。到了地里，先用手一下一下刨开苜蓿根部的土，黄嫩的苜蓿芽芽就露出头来了，然后用铲子小心翼翼地铲下不到一寸长的芽芽，拾进菜篮篮。如此一上午时间，就能剜上一小篮的苜蓿芽。回家去，奶奶用开水过一下，用油和醋凉拌了，很是好吃，那是我记忆中的美味。

过了一段时间，院中的桃树、杏树，田野上各色的野花都开了，吸引着我好奇的目光。欣赏着这些花还不够，我突然想在自己家养花，就在院子里面一担一担挑土堆起了一个一米高三米宽的土台，在上面种上地雷花，两个月后，种子发芽，幼苗长大，一朵一朵红色、黄色和紫色的花朵欢乐地向我招手。终于有属于自己的花园和花了，感觉从未有过的高兴和满足，每天放学后，为了保证花有充足的养料和水分，我就一趟趟辛苦地拾粪担水，施肥浇水。我的童年就是养花赏花的童年。

到了农历二月二这天，大人小孩都要理发，叫作"剃龙头"，小时候村子里没有专门的理发店，都是用剃刀剃。每次剃头，头顶刀子一落，被剃头的人都龇牙咧嘴地喊疼。有一回过"二月二"，我知道又要剃头，一大早儿赶紧出门跑开，但还是被爷爷连哄带骗地给弄回去，好几个人一起动手按住不让我动，村里的一位曾经干过杀猪匠的刘大伯用剃刀在我头上刮，火辣辣地疼，我嘴里嚷着骂着也不好使，只听大伯说："别动，小心耳朵给你剃下来。"好不容易剃完了，再看看我，成了一个"小和尚"。此外，二月二这天，人们用灶膛里的草木灰在院中画上一个大大的圆圈，一边念叨着"二月二，龙抬头；大仓满，小仓流"，一边将五谷杂粮撒在圈中。也有的直接在圈中挖一小坑，将谷物埋在土坑中，过几天看什么作物的种子先发芽，就预示着今年它的收成好。

到了农历二月十九是庙会，要唱大戏。戏台就建在学校操场边上，操场就是戏园子。这时学校也上不成课了，就索性放假。这是我最快乐的日子，每天早晚都占好位子，瞪大眼睛，静静观看一场场精彩的大戏。庙会请的是陕西的专业剧团。唱腔、服饰、舞美都美轮美奂，高端大气上档次。剧目也非常多，《五典坡》《金沙滩》《火烧葫芦峪》《金玉奴棒打无情郎》《三娘教子》《周仁回府》等，本本都是传统经典剧目，看得我废寝忘食，留恋不舍，整天在戏场。尤其是渐渐能够理解戏曲人物的唱词，并觉得是那样的有韵味和富含哲理，一句一句记在心间，慢慢回味，久久不忘。《五典坡》中王宝钏唱道：老爹爹莫把穷人太小量，多少贫寒出栋梁。《三娘教子》中王春娥唱道：好言一句三冬暖，恶语伤人六月寒。这些话，至今都是真理。

　　农历二月底或三月初，就是清明了。清明时节雨纷纷，顶着绵绵的春雨，爷爷就领我去给先人们上坟。祖坟在修梯田时都给平了，没有坟头，但爷爷都知道哪个位置埋的哪位先人。他领我到每位先人坟茔的位置磕头祭奠，还给我讲他知道的先人们的大概长相以及他们的一个个故事。听着爷爷的讲述，我仿佛能看见先人们的音容笑貌。爷爷说上坟就是后辈对先人们的纪念，叫我以后无论走到哪里，不要忘记在他坟头烧张纸。如今远在他乡，竟无法实现他的愿望，令人怆然。

　　年复一年，春天来了又走，走了又来。但春天的那些故事，如白云朵朵，飘在记忆的天空，永不散去；如河水清清，流在记忆的心田，永不干涸；如树木郁郁，长在记忆的旅途，永不消失；如桃花朵朵，开在记忆的春天，永不凋谢。

夏天的回忆

　　记忆中的夏天是多姿多彩的，充满了乐趣，令人难忘。

　　夏天是瓜果飘香的季节，小时候最常见的水果就是苹果了。那时生产队有个苹果园，到了夏天，结满了绿油油的苹果，在隔墙望着甚是馋人。我们小伙伴们想吃，但果园有一看门的老大爷，还有两条大黑狗，大爷闲来无事就牵着狗整日来回巡逻，很是威严，防卫得密不透风，无机可乘。有一个聪明的小伙伴想到一个巴结老大爷的办法，老大爷年纪大了，泉水很远，挑水吃比较困难。每天下午放学后我们就两个人抬一个水桶帮他抬水，待两桶清澈满满的水放在老大爷的小屋，看着他满意的笑容，我们才回家。

　　日复一日，老大爷过意不去，就会把风吹落地上的绿苹果收拾着攒起来，等到我们抬完水，给一人口袋里塞上几个绿苹果，我们如同得到皇帝的赏赐般高兴，一路狂奔回家享用那酸涩苹果的滋味去了。慢慢的，给老大爷抬水成了习惯，即使后来我们年龄稍大，不馋苹果了，还是觉得老大爷人很好，曾经满足了我们对于苹果的小小向往，依然会去给他抬水，一直坚持到小学毕业，苹果树分到各家各户，不需要老人看护了，我们的抬水行为才宣告结束。

夏天更是忙碌的时候，麦黄时节，最喜欢跟在大人身后拾麦穗。虽然小小年纪，顶着艳阳，忍着饥渴拾麦穗，但看着一个个金色麦穗经自己手被从遗弃的边缘挽救回来，成了有用之粮食，感觉到自己非常了不起。等到长大一些会使用镰刀了，就学着割麦子。左手扶着一丛麦秆，右手握镰刀，镰刀紧贴着麦秆根部，来回往复，一丛丛麦子就倒在了地里。等到割上十几捆麦子，就腰疼得不行了。这时，铺开割倒的麦子，睡在上面，休息片刻，喝上一杯清茶，打开收音机，听一段秦腔，困乏就慢慢地消解了。起身接着割，直干到天黑完全看不见了，才吃喝上毛驴驮上麦捆往麦场赶。看着饱满的丰收的麦子，趁着皎洁的月光，听着踢踏的蹄子声，抓着毛驴尾巴，哼着走在乡间的小路上，一切都是多么美好，深深感觉到辛劳是值得的，劳动是多么快乐的一件事啊。

夏天还是难忘的季节。一年一度的中考、高考快到了。我不禁想起当年参加中考时难忘的情形。那时候，参加中考是要预选，预选上了再到我们清水县城参加正式考试。去清水县城要到天水市去坐班车。记得那天我们预选上的几位同学冒着毛毛细雨、打着火把，连夜步行30公里，等到天水市时，都几乎累得走不动了。天才蒙蒙亮，刚赶上第一趟去清水县的班车。等到考试完毕，大家都觉得考得不行，都不抱希望了，做好了务农的准备。我也是回家帮爷爷干农活。有天累得躺下不想吃饭，爷爷突然说，你起来吃饭，吃完饭告诉你个好消息。原来爷爷看着我灰心丧气的样子，十分担心，就一直瞒着我四处打问考试结果，最终得知我以全县第五名的成绩考上了中专，悬着的心才放下。如今我已经离开家乡三十多年了，每到夏季，以往学习的艰辛、亲人的关怀、老师的关爱，同学的关心，就会萦绕心头，挥之不去，令人难以忘怀。

噢，记忆中的夏天，你是多么美丽的夏天，你是多么绚丽的夏天，你是叫人永远铭记的夏天。那里有我的快乐，有我的幸福，有我不磨灭的回忆！

麦场往事

　　20世纪70年代，我还是七、八岁的时候，农村还是生产队。每个队都有放置麦捆和碾麦子用的一大片平整的空地——麦场。

　　爷爷是生产队保管员，负责看管库房和麦场。我经常和爷爷在一起，住在看场用的小场房。

　　每到夏季，麦场里就拥挤起来。马、骡子和驴将四面八方地里的麦捆都驮到了场里。麦捆还没有完全干透，要一排排立在场里晾晒，一个个像士兵一样昂首挺胸接受阳光的洗礼和照射。晒干后，为防雨淋，就要摞成麦垛子。麦垛子有大有小，大的要十几个人完成，小的一个人就可摞成。这里面也有学问。有的人手艺好，摞的麦垛既大又直又防雨；有的人摞得歪歪斜斜，经不住风雨。大人们忙着摞垛子，我们小孩的任务就是将远处的麦捆抱到垛子跟前交给大人。结果跑前跑后累得满头大汗，麦芒钻进衣领，被扎得哇哇乱叫，但也乐此不疲。

几十个大大小小的麦垛子摞成了，在场里矗立着，等待着碾场。但这时往往就有不断的阴雨来临，几天十几天不消停。雨不停，麻雀无处觅食。都来场里寻食。麻雀全神贯注享用美食。翅膀被淋湿了，敏感度降低了。爷爷会瞅准机会，拿出弹弓，一发命中，然后烤麻雀吃。麻雀肉虽不多，但鲜而不腻，美味可口，在那物质匮乏的年代，不失为一种享受。

雨好不容易停了，就要碾场。碾场首先要摊场。全队的男男女女围成一圈，将麦捆解开，把麦秆由小到大，由内而外一圈圈摊开在场上，形成半个足球场大小的圆圈。摊场完毕，开始碾场，由两匹马或骡子拖着重两百多斤的碌碡绕圈碾压摊在场里的麦秆。麦场边上，社员们围着打场，用连枷一下一下击打麦秆，噗啪、噗啪的连枷声伴随着社员们的汗水一直到碾场结束。我们小娃娃的任务就是看着碾场的牲口屙粪了，赶紧跑进场去，将粪用铲铲出来。

眼看麦秆上的麦粒脱完了，开始起场。大家都用叉将麦秆挑起放在一边，摞成麦草垛子。将麦粒堆成一堆。这时，如有好风，就开始扬场。扬场的好把式一锨锨将麦粒扬上空中，落下时，风已经将麦粒和麦壳自然分离，各自分躺两边。然后将饱满的干净的麦粒装进口袋，背进仓库等待分到各家各户。这时，人们被那散发着香味的麦子诱惑得已经忘记了疲劳，等待着饱食一顿的日子。

场碾完，麦场就空旷了。

那时的一个晚上，忽然地震了。如雷的响声将人们从睡梦中惊醒，不敢再睡家里了。大家都搬进了场里面，地上铺上麦草，人躺在上面睡觉还是比较舒服的，几夜不回家。大人们讨论曾经哪儿哪儿的地震造成了多少人伤亡的恐怖情景，我们娃娃们没有见过死亡，对地震无从恐惧，只觉得大家在一起，机会难得，好玩，十分兴奋。在月光下玩捉迷藏、斗鸡。平躺地面，望着一望无垠的天空，静静地看着星星眨眼睛，好奇地思考着那飞驰而过的流星去了哪里！

后来，包产到户后，碾场都是一家一户了，场面也小了。碾场的活由小型拖拉机代替了牲口。再后来，不出麦地，丰收的粮食就装进了麻袋里。农民的收获，在期待中变成了现实，麦场也就成了一段回忆。麦场离我们远去了，它不只是一段记忆，更像是一口碗，里面盛的是农民的汗水和喜悦，还有我童年的美好记忆。

初中时的幸福生活

  我上学时的郭川中学，名不副实，只有初中。二十年前的我，背着被子，提着面袋子，走进了这所全乡唯一的中学，开始了我那艰苦岁月里的幸福生活。

  俗话说得好，人生四个字，衣食住行。对于郭川中学的住校生来说，衣食住行显得尤为重要。在学校领导和其他学生眼里，我们住校生就是"面袋子"，原因是据领导讲，我们住校生学习历来都是较差的，考上师范、中专和清水一中（本县最好的高中）者更是寥寥无几。从星期一到星期六，"面袋子"空了，下个星期背着鼓鼓的面袋子又来了，如此周而复始，是我们住校生活的真实写照。

  星期日背上七八个锅盔和面袋子，提上一罐酸菜，就约本村同学出发了。通往学校的路严格来说是不存在的，因为我们是在河滩里走路。今天是路，明天一场雨下来，山洪一呼而过，就没有了路，真的是"常在河边走，经常湿着鞋"。到了学校，食堂管理员叫大家把各自的面袋排成长长的一队，他依次捏一撮面粉进行审验，看谁的面白，就通过，谁的面粉较黑就不收，就换不到饭票，就只能啃一周干馍馍，喝一周凉水，就与一天三顿拌汤无缘。我曾多次被判面粉不合格而啃干馍馍喝凉水。

带到学校的锅盔馍馍，前三天是好的，到每周最后，先是馍馍上面长了一层白毛毛，再是绿毛毛，最后是黑毛毛。啃着长着毛发着酸的馍馍，想起了校长的一句话，"苦不苦，想一想红军两万五"，心中便有些释然了。夏天天气炎热时，各自提到学校的酸菜放在大缸里面，时间一长，就开始生蛆。打上一碗拌汤，看着漂浮在汤里面的生物，没有办法，饥肠辘辘，只能连它们一起喝下去。然后互相打趣谁吃的蛆多，谁就是除害高手……

我们住校生住地比较拥挤，上完晚自习，回到宿舍，啃馍馍的啃馍馍，打闹的打闹，宿舍像个自由市场，吵到关灯号响，方渐渐地安静下来。三个人一张床板，仰着躺不下去，只能侧着睡。如在冬天，为防冷，都是穿着棉衣和衣而睡，第二天起来，发现有人尿床，焐干的外衣上是一张张大大的"地图"，便相互嬉笑谁画的"地图"更标准一些。

学校操场就是戏场，建有戏台，戏台两边刻有对联。"顷刻间千秋事业，方寸地万里河山"。每年农历二月十九，传说是观音菩萨的生日，村里会请来有名的秦剧团为菩萨祝寿演出。戏一开台，全校放假，五天五夜俨然成了学生们的节日，个个比过生日的菩萨还高兴。

几年下来，我对戏曲的理解水平却从小学升到了初中。我总会在秋日的余晖中抱本书，捧着干馍馍，躺在粗壮的柿子树上，边啃馍馍，边闭目倾听如泣如诉哽噎凄婉的秦腔，听着听着，眼前就会浮现出我们一个个面黄肌瘦的住校生，个个起早贪黑，拼命学习，希望考上学校，跳出农家门变成城里人，不再像父母亲一样与黄土为伴。但现实是残酷的，总不能如愿，每年初三的三百多名学生，只有十几位能够考上县一中、中专学校或师范学校，大多数都回到了黄土地，成了农民。

离开郭川中学已经整整二十年了，二十年来，我上中专、工作、结婚生子，感觉时光流逝得很快。经历了很多事，每每回忆过去，想起的还是那弯弯的河道，忆起的还是那二十多人热闹的宿舍。儿子上三年级了，看到我唯一的一张初中照片——毕业时的合影，有点夸张地说：哇噻！这么多小叫花子耶！我就给儿子讲我在那艰苦岁月里的幸福生活，但愿他能听懂我们那时的艰苦，听得明白那时的幸福生活……

电灯

　　故乡的从前就像曾流行的一首歌："我的故乡并不美，低矮的草房，苦涩的井水，一条时常干涸的小河，依恋在小村的周围……"

　　三十年前的我，就如那条小河，静静地做着许多如星移斗转的梦，幻想着有朝一日能像城里人那样活着。当然，这点幻想起因于大人偶尔流露出的无奈和羡慕。他们说城里人就是"楼上楼下，电灯电话"。这些东西，用我当时的智力和见识，就像今天想象宇宙那样茫然。

　　一天，村子对面的山头上出现了一群人，一根一根立起了电杆。我喜出望外，时常跑去远远看他们立杆、拉线。可是，苦等了三个月，人全走了，电没有进村。大人们说，电是秦安到社棠的，线路打我们村经过。

直到有一天，远方的大姑姑家通了电，晚上十五瓦的灯泡有如星星点灯，点亮了我被煤油灯熏黑暗淡的时光。更让我惊喜的是，他们村汽车道班有一台电视，至今记得第一次看的电视剧叫《黄山来的姑娘》。电磨既便宜又快，磨的面白，不像我们村那台柴油机磨，磨面时声音老大，速度很慢，乡亲们经常排队。电带来的好处，简直让我认为姑姑家就在城里，我也有点快要将异乡作故乡了。一住半年，从不提回家之事。美梦醒来是现实。爷爷叫我回家一次，我总是哭闹着反抗。一年之后，终被爷爷哄骗到家，并于次日由小姑姑背着我，他从背后用皮鞭打着，嘴里还骂道，有本事你考上某某某学校，城里夜不关灯，让你看个够——如此一路直奔学校而去。我伤心至极，因为那正是上学时，路上行人很多，简直要羞死人了，从此断了我逃学去姑姑家的念头。只有在月圆的夜晚，望着柔亮的月光和星星，天真地想象着它们如果是电灯的光亮……

爷爷的话，犹如星星点灯，点亮了一个乡下小孩的梦想，不再在煤油灯下打瞌睡，从此不再逃学，小学毕业时以优异的成绩考上了乡初中。

到了初中，终于走进宽敞的教室，灯火通明。

初中时期的生活艰苦但有趣。我们住校生住地比较拥挤，上完晚自习，回到宿舍啃馍馍的啃馍馍，打闹的打闹，宿舍像个自由市场。吵到关灯号响，方才渐渐地平静下来。三个人睡一张床板，仰着躺不下去，只能侧着睡，如在冬天，没有煤炉子，为防冷都是合衣而睡，第二天起来发现有人尿床，焐干的外衣上是一张大大的"地图"。

三年初中时光如梭，预选我们学校选中了十六人。考上中专或师范应该不成问题。我、郭和平和刘柏林非常高兴，决定冒雨步行去二十公里外的天水汽车站买天水到清水的头班车票。我们三个没有去过天水市，但知道，远方天空中发亮的地方就是天水，于是我们出发了。我们在行走中互相唱歌鼓励，互相打气，路面的湿滑减缓了我们速度。天黑了，用路边人家的柴火打成火把照明，终于天空中那发亮泛蓝的地方离我们越来越近，准时坐上了天水至清水的头班车，一路睡到了我们的县城。

考试结果出来，报志愿时，我忽然想起十几年来对电灯光亮的迷恋，毫不犹豫地签了兰州电力学校。回到家后，家里人不太满意，说怎么没有报个铁路上的。

今年年初的雪灾和四川地震中，电力工人的表现，使我为一名电力工人自豪；他们的英勇事迹感染和激励着我，把工作干好、干出色，为了头顶那盏明灯……

我的中专岁月

写过不少文字，记录了我小时候和初中时候的学习和生活，而很少涉及上中专以后的学习和生活。我考入兰州电力学校，那是1987年，也是我青春年华的开始。

那年9月份，姑父送我上学，在他从学校离开的一刹那，我明白，自己的独立生活开始了，我依依不舍地目送姑父离开校园，转身走入宿舍。

从农村到城市，有许多第一次让人尴尬让人难忘。记得开学第一天，组织全班同学洗澡，我是第一次进澡堂，看着澡池内白花花的人体，不敢脱衣服洗澡，许多同学和我一样，在澡堂内绕来绕去。最后我在一个没有人的淋浴喷头下，匆匆忙忙胡乱洗了几下就算了事，立即红着脸逃离了澡堂，好像做了啥见不得人的事。学校是新成立的，楼房是新建的。第一次走进水冲洗厕所，贴有马赛克瓷砖的崭新的地面还有白净的便池，干净得让人不敢使用。

中专的学习任务比初中轻，学校和班级也为同学们展示才华搭建平台。在元旦，班级举办小型的联欢晚会，我克服害羞和胆怯，平生第一次上台唱了一首《骏马奔驰保边疆》，赢得同学们掌声，也克服了我的比较内向的性格。从此后，凡是班里有啥文艺活动，我积极参加，渐渐的，我喜欢和同学们开玩笑、嬉戏打闹，甚至还有些幽默感，很快融入到了班级和学校这个大家庭了。

学校有图书馆，馆藏不少书籍。课余时间，就会去阅览报纸和图书，充实自己，阅读了大量的诗歌和小说。诗歌有席慕蓉的《时光九篇》、北岛的《回答》、舒婷的《致橡树》、顾城的《黑眼睛》等朦胧诗。黑夜给了我黑色的眼睛，我却用它寻找光明；卑鄙是卑鄙者的通行证，高尚是高尚者的墓志铭等诗句直至现在记忆犹新，并有了新的理解。读过的小说有张贤亮的《灵与肉》、从维熙的《大墙下的红玉兰》、刘心武的《班主任》等伤痕文学。通过阅读，我渐渐地喜欢上了文学和写作。

学校有一个校刊叫《希望》，我经常写一些诗歌和散文投过去并被刊登，激励着我不断坚持自己的爱好和梦想。学校还办有一份《简报》，刊登校园新闻和一些文学作品。这是一份刻蜡字的油印小报，我有幸做过它的编委，经常为出简报熬到半夜甚至天亮，然后在操场上奔跑两圈，将一夜的瞌睡抖落干净，再去早餐和上课。

一晃眼中专四年结束了，我们一夜之间各奔东西。今年，我们毕业已经二十五年了。解开尘封的往事，我依然怀念曾经在停电的夜晚，跑到对面的桃树林里疯玩，回来时学校的大门已经紧锁，我们像夜行者一样悄悄地翻进院内，又悄悄钻到寝室；怀念曾经三更半夜爬起，躲在天台上看流星雨；怀念曾经为一场国际赛事在国内的成功举办，敲瘪了脸盆；怀念室友们从家乡带来的可口小吃；怀念不复来的最美年华、曾经的青春岁月……

　　窗外，一首《纯真年代》由几个声音甜美的女孩演唱，禁不住让人回想过去。是啊，青春是一场绝美的梦，一样的年龄、一样的心情、一样的孤独，只是，不一样的我们，如今都走在不一样的路上寻找属于自己的天空。司汤达曾说：一个人只要他有纯洁的心灵，无愁无恨，他的青春时期，定可因此而延长。值得庆幸的是，虽然年华已渐渐老去，但我的青春之心还在，还没有完全地老去，我要用坚强的行动，谱写不老不衰的青春之歌！

天真时代

不知不觉，已经四十。

儿子每天嚷嚷着讲故事，感觉自己就像冬天里腆着肚子斜倚墙根睡觉的大懒猫，任凭小崽子撕我头发，揪耳朵，亲脸蛋儿，叫好爸爸，我自岿然不动，得意洋洋地享受着那属于我的一束阳光。

恍惚间，好像斜躺那儿的不是我，是二十多年前的奶奶，她总是在睡觉前，压低嗓门，轻唱着讲完一个又一个的"古今"，催我进入梦乡："古今古，古今湾里拴老虎；老虎扎地红头绳，抵羊端地酒壶樽；你一盅，我一盅，咱两个喝了拜弟兄……"

也许由于"古今"里的动物全很可爱的缘故，包括凶猛的老虎和狡猾的狐狸，就像长大读蒲松龄的《聊斋志异》后，觉得鬼怪狐妖并没有传说中的可怕一样,从小我便喜欢上了见过和没有见过的动物,并且先后养了一只松鼠和鹞子。松鼠养半年被一小友偷跑了。最可怜那只漂亮的鹞子,本来盘算着扶养它长大,让它抓讨厌的麻雀,保卫我们的粮食,可它宁死不屈,最终绝食七天壮烈而死,为此我哭着也要绝食一周。我哀悼鹞子的运动刚过一天,爷爷不知从哪儿要来半张旧报纸,上面密密麻麻布满了油菜籽粒大小深褐色苍蝇屎一样的东西,他说是蚕蛋,蚕好养,就养蚕吧。

我养蚕时是一名小学生。当我上课偷偷盯看铅笔盒里逐渐变成褐色,越来越亮的蚕蛋,感觉有生命将破壳而出时,不幸被同桌春平同学也感觉到了,很快我的蚕蛋滚进了全班22个同学的铅笔盒或火柴盒或墨水瓶。我们成了一支业余养蚕童子军。

蚕从黑红黑红的一小点点幼蚕,慢慢长大发胖蜕白变成了很可爱的蚕宝宝,我们喜忧参半。喜的是马上可以见蚕吐丝了,忧的是蚕的食量越来越大,仅靠我们偷来的桑叶无法满足。更雪上加霜的是,春平回答老师提问露了破绽,他说:"桑下问童子,言师养蚕去,只在此山中,云深不知处。"女老师当然就发现了,很出乎意料,她没有批评任何人,而说她也喜欢蚕,我们就告诉她蚕面临的粮食危机,她说榆树叶子也能吃。多好的老师啊,于是我们将从路边很容易摘来的榆树叶子喂了蚕,不久蚕们都吐着口水痉挛起来,开始以为要吐丝了,后来蚕都死了。

我的养殖行动虽均以失败告终,但现在想起来还很怀念天真烂漫的童年,怀念小动物带来的乐趣,怀念精灵的小松鼠、壮烈的鹞子和胖胖的蚕。世纪之交,大作家贾平凹很《怀念狼》,他担心狼有朝一日灭绝，我则担心别到哪天松鼠鹞子甚至麻雀都灭绝了，那我们的儿子或儿子的儿子的童年就只能整天抱着手机，从中找寻传说中毛茸茸可爱的动物的形象，再搬出字典查看有关松鼠、鹞子、麻雀等词语解释。

呜呼！！

注：古今——我的家乡人把讲故事叫讲古今。

游戏与人生

人小的时候，许多大人看似没有多大意思的体育活动，一经在小孩中传开，便经久不衰。

如推铁环，一个圆形的大铁环，在其上套几个耳朵般大小的小铁环，再用带弯钩的长铁棍从后面推，这个铁环便滚了起来，并发出脆亮的响声。推得熟练了，便能走街串巷，推出耐力和水平来。若是一时高兴，十几个小伙伴，在操场沙坑周围摆下战场。比赛开始，大家推着铁环绕着沙坑转圈圈，看谁的铁环最后倒下，则为胜者。

还有一种游戏叫"斗鸡"。将一条腿提至腹部，用双手抱住，成金鸡独立状，两个金鸡独立的小子跳着跳着互相撞击，看谁抱起的腿最先着地谁即输了。通常是一伙二十几个人分成两队，捉对厮杀，直杀得气喘吁吁汗流浃背；直杀得丢盔弃甲阵地陷落。这样的"战争"天天都在上演。

另有一种游戏叫打"木猴"。将两三寸长的木棒一头削尖，就叫"木猴"。用一鞭子将其周身缠绕，放在平地上，用力朝外一拉，这陀螺一样的木猴便转起来了。紧接着用鞭子轻轻抽打着木猴，它就很平稳地转动起来。如嫌转得不快，备一颗钢珠，镶嵌在木猴削尖的部位，这样"木猴"就转得更快更稳定。

儿时的那些游戏虽看似幼稚，但他却可以带给我们无限的欢乐、智慧和灵感，使我们的童年变得丰富多彩。通过游戏我们可以体会和感悟到，凡游戏，都有规则，必须遵守规则，人生也是，无论输赢，只可回首，不容反悔。

有时，走在大街上，仿佛自己就是人生这场大游戏里的一个角色，为了扮演好自己的角色，为工作生活奔波忙碌，随机融入人流，犹若水滴入海，遂隐没成了一段无方向的生活。

有时抬头，在夜色深深的都市，万千亮灯的窗洞向你启示：无数筋疲力尽者，今晚恰巧都在这里汇合，而明早，又将各奔前程，开始"游戏"人生。

遇
见

  央视的《朗读者》第一期节目的主题是"遇见"，几位嘉宾讲述了自己人生中不平凡的遇见。濮存昕遇见了荣大夫，治好了他得过小儿麻痹有残疾的腿，让他告别了"濮瘸子"的绰号；联想的柳传志感谢此生和父亲的遇见，父亲"只要你是一个正直的人，不论你做哪一行业，你都是我的好儿子"的话语，一直激励着他做一个正直而对社会有贡献的人。而诗人笔下对遇见的渴望更是令人柔肠百结，心向往之。

  席慕蓉说："如何，让你遇见我？在我最美丽的时刻，为这，我已在佛前求了五百年，求它让我们结一段尘缘"。

  仓央嘉措说："那一世，我转山转水转佛塔啊，不为修来生，只为途中与你相见"。

白居易说："同是天涯沦落人，相逢何必曾相识"。

人生世间，有很多的遇见，影响着人的性格，改变着人的生命轨迹，决定着一生的成败得失。

在我四十几年的人生旅途中，一个个的遇见，策动着我勇敢面对生活中的困难和挑战；一个个遇见，都在我生命中刻下了深深的印记。

记得小学五年级时候，我的同学刘君是一位残疾人，两腿行动不便，拄着拐棍，但他双手灵巧，到了夏天，麦场里堆满了麦子，他就手把手教我用麦秆编蚂蚱笼子，半天工夫，编出各种形状的笼子，有的像麦垛，有的像平房，我恨不得马上捉来蚂蚱养在如此精致的笼子里面。刘君学习一般，作文写得好，他告诉我秘诀是多读书。我才知道他有好多小说和连环画，于是便近水楼台先得月，借着读了个遍。最让人记忆深刻的是《第二次握手》中，苏冠兰和丁洁琼的爱情故事，让懵懂的我感觉到爱情原来那么美好；《黄继光》中黄继光在朝鲜战场英勇杀敌，为国捐躯的英雄故事，久久回荡在我幼小的心中，不能平静。借读了他的好多藏书，对我写作文确实有了帮助，也不怕写作文了。

小学毕业后，我们俩都考上了初中。初中三年，我和他形影不离。他说凭自己的水平，考不上中专或者高中，他希望我能够。于是他总是陪我在深夜的煤油灯下复习功课、做练习题；他总是在漫长的回家的十里路上，盯着书，检查我《政治常识问答》背诵的熟练程度；他总是在我的馍馍不够吃时，留给我他最后的口粮。如今我们失去联系多年，但和他一起度过的峥嵘岁月，给我的帮助和启发，难以忘怀。

李君是我上中专时的同学，性格外向，乐观。学校时生活拮据，饭菜票不够用，我和他便将两个人的饭菜票合在一起，做好计划，统一支配使用。两个人同时买饭菜，一起吃饭，在量不变的情况下，可以多吃两样菜，从营养学的角度看，也很科学。就这样度过了四年时光。李君也很爱读书，我们经常互相交换着看书。在中专读的第一套书是《天龙八部》。晚上宿舍熄灯后，我们被书里离奇的侠客故事所吸引，无法入睡，借着楼外工地上的灯光，彻读一夜，等翌日朝阳初升，我们如武侠中被输入了真气的武林高手一般，功力大增，气昂昂出现在操场上锻炼，又开始了美好的一天。如今，跟李君时常通通话，回忆回忆过去，慨叹这辈子相互遇见真好。

赵君是中专时管理图书馆的老师，由于他不给我们代课，我和他不是很熟。记得有一年，我放假回家没有路费了，找他去借，他没有问我是谁，没问是哪个班的，就借给我二十块钱，解了燃眉之急。赵君后来调到了报社，做了编辑。而我爱好上了写作，写了好多小散文和诗歌，投出去杳无音讯，如石沉大海。我将创作的部分作品寄给了赵君，希望能得到他的帮助。几个月后，经他修改的一篇小言论发表在了赵君供职的行业报纸上。从此后，我好像解开了死结，捅破了窗户纸，自信心大增，觉得只要坚持多写，就可以写出好文章，并不断在各级报纸发表文章，直至今日，我仍然徜徉在文字的海洋，不断地圆着我的文字梦。

感谢遇见，正因为有了这一个个美丽、幸福、快乐、难忘的遇见，才使我发觉生活的明媚，悟出生命的意义。

家乡的蒸馍

　　小时候，家乡生活条件不太好，平时吃不了几顿白面、猪肉和蔬菜。只有到了过年，才有比较好的吃喝，才能享受几天。也正因如此，家家户户都会杀猪、做豆腐、蒸蒸馍，无论是自家产的还是购买，要储存一些菜和肉，俗话就叫"盘年"。谁家的猪肉肥，谁家的菜花样多，谁家的蒸馍吃得时间长，谁家的年就"欢"。

　　所以，过年前要蒸蒸馍。每到腊月二十八、二十九，家家厨房上空升起团团炊烟，院子中飘荡着新出笼的蒸馍的味道，整个村庄被香喷喷的蒸馍味笼罩，处处透着浓浓的年味。蒸蒸馍往往需要一天的时间。要提前发好酵子，待蒸馍馍的前一晚上，用酵子和几盆白面，里面加些碱面子，做成面团，放在热炕头，发酵一夜，面团就变得酥软疏松，就可以蒸馍馍了。

第二天，全家人起个大早，开始蒸蒸馍了。大姑姑已经挑了三回水，水缸水桶都已盛满水了。二姑姑从麦场里背了三背篓的麦秆准备烧火用，小姑姑点燃灶火，准备烧水。我一会忙着朝锅里舀水，一会儿从背篓里取柴，一会儿帮小姑姑烧火。大家都为年的"欢"而忙碌着。

奶奶忙着揉面，累得满头冒汗。发酵好的面团，经过一遍又一遍的揉压后，变得光滑而有韧劲。分成若干份，取其中的一份，滚成圆棒状，用刀切成一样大的小块，切面朝上，两头向下弯曲，捏在一起，一个生的蒸馍就初步做好了。然后放在蒸巴的笼布上，放入大铁锅，盖上锅盖，大火旺烧即可。大约四十分钟后，揭开锅盖，一蒸巴咧嘴笑的馒头熟了。

捧起来，趁热吃，酥软可口，香味怡人，过年能吃上如此美味的蒸馍，真好。用麦秆烧火蒸出来的馍格外好吃好看，嚼一口，小麦的清香顿时盈满口腔。爷爷吃蒸馍经验丰富，他一手拿蒸馍，一手掰小块往嘴里放着嚼，小麦的清香越嚼越有味儿。大年初一吃饭时，爷爷会把蒸馍从中间切开，夹着炖肉片一起吃，肉香混着麦香回味无穷，让人见了直流口水。

腊月二十九要蒸上一整天，直蒸到晚上，蒸馍高高地摞满了整整一大圆箩筐，这就是全家人整个正月吃的馍馍，单个吃，下炒菜吃，泡在烩菜里吃，都是百吃不厌。来了亲戚，先请上炕，让他喝着罐罐茶吃两个蒸馍，先垫垫肚子，再做饭。走亲戚时，装上一小袋子蒸馍，回来时对方也会装上自家的几个蒸馍作为回礼。通过送馍馍相互交流蒸馍的水平和口味，也通过馍馍相互暗示，如今日子好过了，能吃上白面馍馍了，相互为对方的蒸蒸日上的日子高兴。

家乡的蒸馍和我们现在吃的馒头相比，个头小，而且是脸上开了花咧开嘴的。多年没有吃过家乡过年的蒸馍了，但相信家乡人过年蒸蒸馍的习俗没变，也相信蒸馍的味道也还是那样的清香可口。更盼望家乡人的日子越过越好，整天如蒸馍一样笑靥如花。

家乡的老屋

　　家乡的老屋，是三间普通农舍，土墙青瓦，木门窗。这栋老屋子三十多年没有人居住了，屋顶的瓦片不知何时被风吹落了许多，露出了黑黑的椽头。在落日余晖的映照下，如同一个迟暮的老人。即便如此，每次走进老屋，都会勾起我对过去生活的回忆。

　　老屋正中挂一幅内容为朱子治家格言的小楷中堂，下方分别放置着一张长桌和方桌，长桌上放一个花瓶，内插一束鲜艳的绢花，旁边是四本红色封面的《毛泽东选集》。方桌也是一个双开门的柜子，打开柜门，里面有罐头、饼干、糖果等副食品，这些可不是给我们吃的，而是为走亲戚预备的礼品。长桌两边摆放两张油漆斑驳的靠背椅，平时随和的爷爷，一坐到椅子上就有种说不出的威严。

桌上放一盏煤油灯，我趴在旁边写作业。屋里北面盘有土炕，奶奶坐在炕上缝补着破烂的衣服，微弱的灯光映照着祖孙三代幸福的脸庞。屋里南边散乱地放着装有玉米、小麦、糜子、谷子等粮食的口袋。

由于是土坯房，经常会有土落下。每天清晨，桌子上、地上，都会积厚厚的一层土。爷爷常常用朱子治家格言教育我们，要黎明即起，洒扫清除。我和姑姑早起第一件事就是扫地抹桌子，先用洗过脸的水洒地，这样扫地时灰尘就不会飞扬起来了，再用笤帚把地上的灰尘和垃圾扫干净，然后将桌子抹得一尘不染。每至过年前要来一次大扫除，腊月二十四过后，姑姑们会将笤帚绑在长长的木杆上，将墙壁高处和屋顶的灰尘扫下来，直到扫得犄角旮旯里也干干净净方作罢。

跨过老屋高高的门槛，廊檐下的架子上，摞着黄澄澄的玉米棒。院子里的东南角，一棵杏子树葳蕤茂密，东边桃子树结满了硕大的桃子。院墙外高大的杨树、楸树的枝条伸进院内，形成了浓密的树荫。中午一家人在树荫下乘凉、吃饭，浑身的劳累顿时消解大半。晚上我放学回家，走进老屋，奶奶饭已做好，全家人围坐在老屋炕上，边聊边吃，分享着村里或学校里发生的趣事和新鲜事，享受着天伦之乐。吃完饭，爷爷端起水烟锅嘟腾腾吃起了烟，姑姑和奶奶围坐在地上的大圆簸箕旁，用手剥下一颗颗玉米粒。我趴在炕上，思考着白天不会写的字、不会做的数学题，一笔一画写着作业。

老屋见证了家庭的变化。三位姑姑从这里穿上漂亮的嫁衣走出去，嫁到了远方，去了属于她们的新家新屋子。但她们也时常回到老屋来看望爷爷奶奶，晚上都挤在大炕上，满肚子的话说不完，叽叽咕咕道一晚上的离别之情。爷爷每天早出晚归，日出而耕，日落而息，直至去世始终没离开老屋。老屋就如他的老朋友一般，老屋瓦破了掉了，他搭梯子上房补换；墙皮脱落了，他和泥补缺口。每当我又饿又冷回家时，老屋里暖暖的土炕给我温暖的怀抱，高高的土墙给我安全的护佑。我在老屋生活了十七个年头后，到省城上学住进了楼房，每到放假回老家再住进土坯房的老屋，老屋的气息会浸染全身，再回到学校，同学们就会远远闻到我身上老屋的味道，直到我洗几次澡味道才能消除。那味道也许就是长年累月烟熏火燎的烟火味和泥土混杂的味道吧。

如今楼房住惯了，也许已经不习惯住土坯房子了，但老屋留给我的记忆仍历久弥新，永难忘怀。

家乡的热炕

　　天冷的时候，我总会想起老家那热乎乎的土炕，暖和的被窝以及和热炕有关的人和事，一切仿佛就在昨天。

　　深秋，天气寒凉了，草变得干枯，树叶纷纷落下。老家人开始为过冬做准备，爷爷每天早早出门，到树林和田埂扫树叶和枯草，一背篓一背篓地背回家，小山一样堆在后院，这就是"填炕的"，能够保证冬天有热炕睡的燃料。

　　老婆娃娃热炕头，是农村生活的基本要求，也是农村最普通的温馨画面。而热炕是家的重要组成部分，炕要热就必须要"填炕"。"填炕"是奶奶日常生活的一部分，虽说简单，但也有一定的技术含量。"填炕"的时候，还得用到一个叫"推耙"的木制工具。那是一根粗细长短适宜的木棍，顶端楔装小半截方形的木块，构造形同一个大写的英文字母"T"。填炕的时候，奶奶把"填炕的"轻轻地推上去，覆盖在上次燃烧过或者刚点燃的柴火上，使前一天的"填炕的"在燃尽之前又得以续上，从而接着燃烧，如此周而复始，土炕就一直保持着热度。

炕要热，还要盘得好。而炕要盘得好，还要炕面子好。清明过后，大地解冻，爷爷就备下土，放在平整开阔的地面或者场院上，提前找好模子，天不亮就得起身，在准备好的土里浇上水，早早地泡着，泡上一段时间后，再放入麦草，用铁锹反复搅拌直到稠度适宜。早饭后就开始拖炕面子。爷爷先用水把模子泡一泡，让后把模子摆在平滑的地面，放进适量和好的泥，先把四个角弄好，揣实，大致弄平，然后把手沾上水，将坯面抹光，小心的起出模子，一块炕面子就脱出来了，只等晒干。盘土炕的时候，在土炕平整的炕面下边，放许许多多事先打好的土基子当作柱子支撑着，上边架着的是炕面子。这许许多多的柱子，在炕里边组成了烟道，也是散热的通道。用炕面子把炕铺好以后，再抹平，不能漏烟。烧干以后，一个温暖的热炕就形成了。爷爷盘的炕好填，易热。

热炕是个宝。有一年冬天一个风雪交加的晚上，我从学校回家路过河沟，不小心掉进冰窟窿，鞋子和裤子湿了，下半身冻成了冰棒，冻得直打哆嗦。一进门，奶奶立即叫我脱掉衣服，睡在土炕最热的地方，将一床厚被子捂在身上，瞬间我被热炕的温暖包围，浑身舒服了，美美睡了一觉，出一身汗，感觉身体好多了，第二天又精精神神地去上学了。小姑姑家的表弟来我家，喜欢吃凉食，但吃凉食以后常常肚子疼。奶奶就让他肚子贴着炕面趴着暖一会，等暖到肚子咕咕叫几声，放几个屁就不疼了。

热炕是农村人们聚会的场地。农村的冬天是漫长而闲暇的。我常常约了小同学坐在热炕上打扑克，爷爷则约了牌友围坐在热炕上玩"牛九"，姑姑们约了邻里姐妹纳鞋底做针线拉家常。吃饭时，在炕上放一张小炕桌，锅碗放在上面，全家人围桌而食，温馨而暖意融融。奶奶常会将盛着发面酵子的瓦盆放在炕脚，盖上被子，酵子受热就发得快。在做甜醅时，奶奶也会将盛满刚煮熟未发酵的甜醅的大盆放在炕热的地方，捂得严严实实，三四天过后，甜醅发酵，满屋子散发着甘甜的味道，我期盼的甜醅就做成了。

家乡的热炕也是接待亲戚朋友的好场所。有年长的亲戚来了，爷爷会邀其盘腿坐在热炕上，点起炉子，咕嘟嘟煮上罐罐茶，主客你一盅我一盅换着喝，互相问着家里人的身体情况和娃娃们的学习成绩，交换着务农的经验。等到饭熟了，摆上炕桌，拿出珍藏多年的老酒，小酌几杯。如是远方的亲戚，晚上一定要留住一晚。奶奶会从箱子里翻出新被子新褥子，将褥子铺在炕最热的地方，被子捂在上面，提前暖炕，并嘱咐一定要盖好被子，以防着凉。

每到隆冬时节，任凭窗外北风呼啸，大雪纷飞，一家人坐在烧得热乎乎的炕上，不管是拉家常还是织毛衣，纳鞋垫，总给人以岁月的祥和与充盈感。每当夜深人静，亲人们酣然入梦，热炕给了我灵感，我趴在热炕上解了一道又一道的习题。

如今已多年未曾睡过老家的热炕，但不管岁月怎么变迁，老家的炕在我心里永远不会过时。

家乡的田野

离开家乡多年，家乡田野的四季始终记忆犹新。

春天的田野，冬小麦从紧贴地面的幼苗，慢慢吸收阳光雨露和肥料的营养，逐渐长高长壮，拔节散叶，到孕穗开花，绿油油的毯子笼盖四野，到处生机一片，惹人忍不住在地头停下脚步，弯腰闻闻麦苗的清香。田埂上白色的蒲公英开了，小心翼翼摘一朵下来，举高用嘴轻轻一吹，轻盈的花瓣如蝴蝶般随风飞舞，我们跟在后边追逐嬉戏，跑得鞋掉了、裤子松垮了，不亦乐乎。粉色的打碗花也开了，小时候不敢摘打碗花，因为大人说摘了回家会打碗，这是万万不可为的事，只能远远地看看它酷似喇叭的样子。山坡上淡黄色的榆钱挂满树枝，我们三五成群爬上树摘榆钱吃，那淡淡的甜味充盈了童年的舌尖。大片大片的油菜花开了，如金黄的锦被铺在田野，吸引得蝶飞蜂舞其间。

夏天的田野，小麦端午节左右就成熟了。一阵风吹过，金色的麦浪翻滚，壮观撼人。麦浪中间有农人弯腰割麦，一起一伏，如搏击麦浪的弄潮者，意志坚定而不怕辛劳。小麦收割后，一个个麦垛如骑兵守护在田间。为将土地的作用发挥到最大值，在麦茬地里，家乡人立即开种玉米、荞麦、糜子等秋作物。一时间，夏收和秋种搅在一起，人人都起早贪黑忙碌着，辛苦耕作在广袤的田野。对于我们小孩来说，夏天颇为有趣的事情就是抓蚂蚱。在麦地里，听见吱吱吱、吱吱吱的蚂蚱叫声，循着声音蹑手蹑脚屏住呼吸慢慢靠近，等看见蚂蚱了，迅即双手合拢在一起，将蚂蚱紧紧扣在两手中间，就抓住了。然后拔束草卷蚂蚱在其中，捆好。拿回家放入蚂蚱笼中，在太阳的暴晒下，蚂蚱就发出吱吱吱令人愉快的叫声了。比起抓蚂蚱，抓蝉就有点困难，要一点点爬上高高的树干，等靠近蝉了，用左手抱着树干，腾出右手，轻轻扣下去，就将蝉捂在手心里了。有时用力不够巧，蝉警觉就会飞走。

秋天的田野，地里的庄稼和野草有的红了，有的黄了，五颜六色，装点得田野分外好看。火红的高粱涨红了脸，金灿灿的玉米咧开了嘴，黄澄澄的谷子笑弯了腰。家乡的人们忙着掰玉米、收糜子谷子、起洋芋，到处是一派忙碌和丰收的景象。果园里，红富士和花牛苹果缀满枝头，沉甸甸的，仿佛向人们炫耀着自己健硕的体质。田野的柿子树上，一个个红彤彤的果实晃来晃去，好像在荡秋千，祝福着人们事事如意。走在通向田野的路上，两旁的树木已经枯萎，秋风吹过，枯黄的树叶纷纷扬扬地飘落，铺满地面，踩上去软绵绵的，还会发出"莎莎"的声音。站在秋天的田野，向日葵张着大大的嘴巴，面向太阳，笑得牙齿全露在了外面，用快乐传递着植物界的正能量。深秋时节，家乡的人们又开始忙碌着种小麦了。

　　冬天的田野，小草枯萎了，只有根深扎地下，积蓄着来年发芽所需的能量。四野空旷，偶尔会有饥饿的野鸡和鸽子飞在田间，啄食遗留在地里的粮食和田埂上小草的根系。灰褐色的麻雀飞来飞去，好像在焦急地等待着南飞的候鸟早日回归。冬小麦终于等来一场大雪，枕着厚厚的棉被轻轻睡去，为明年的更好更快生长养足精神、备足养分。田野白茫茫一片，像穿上了一件硕大的白色毛衣，摆好了过冬的架势，做好了抵御严寒的准备。冬闲的人们会在早晨往地里驮一会儿粪，然后相约在墙根下晒着太阳玩牛九，或者到唱大戏的村子去看戏，悠闲度过漫长的冬季，就像动物冬眠，人们也需要紧张后的放松，付出后的蓄势待发。

　　这就是我眼中的家乡的田野。

家乡的小溪

　　家乡有一条小溪从远方逶迤而来，缓缓绕村前而过又向西潺潺流去。

　　春天，随着天气慢慢变暖，小溪上的冰凌融化了，又恢复清凌凌的样子，淙淙流淌，能望见水底的石头。乡亲们从地里干活回来，在溪水里洗掉手上和脚上的泥土，收拾得干干净净回家。在地里干活渴了几个钟头的牲口将嘴伸进甘醇的溪水，喝个过瘾。妇女们则结伴来洗衣服，说说笑笑声、捶捶打打声荡漾在河面，激起层层涟漪。水面有时会冒出只青蛙，吓得胆小的妇女惊叫一声。河两岸山坡上的杨树长出了树叶，各种野花如繁星盛开，装点得小溪如花季少女，温婉美丽清纯。

　　夏日的晴天，溪水是温柔的，浅浅的刚没过小腿，是我们小孩的乐园。我们脱得精光光，在水中游来游去，打水仗，寻蝌蚪，捉青蛙。有调皮者会将别的孩子的衣服偷偷藏在岸边树上，等到欲回家时，光着屁股四处寻找衣服，怕被路人瞧见，用双手紧紧捂着私处，真是又羞又怕，炎热的夏天顿时变得清凉而有趣。忽然东边的天际出现了厚厚的云层，越来越多，太阳也隐在云层里了，天瞬间变昏暗，是要下雷阵雨了。我们急急忙忙上岸穿好衣服奔家而去。雷雨倾盆而下，平时温顺的小溪变得狂暴，河水暴涨，摧枯拉朽，咆哮着向下游奔去。水面上有树叶、木头，甚至有小猪、小狗等动物，它们可怜巴巴地被水流卷走了。

　　秋天，我们一桶一桶挑小溪里的水浇灌溪水边田地里的玉米和糜子、谷子。终于，小溪带来了丰收和喜悦，小溪旁边的田野里，黄澄澄的玉米棒和沉甸甸的谷穗，照亮了亲人欢喜的脸蛋。最让人头疼的是秋雨缠绵，一下就是十几天。我们上学的路就在小溪的河沟，河水已经涨到膝盖深了，河面也比平时宽了两三倍。我们一个个紧紧拉着手串联起来，脚摸索着在水底踩稳，一步步小心翼翼地向对岸挪动，直到最后一个同学安全过河。走河沟上学最让人高兴的是我们会把未成熟的绿柿子埋进河沟的淤泥中，等一周过后，绿柿子就变红变软，放进嘴里甜甜的涩涩的，在物资匮乏的年代觉得柿子是最好吃的水果了。

　　冬天，小溪结冰了，小孩们会穿上厚厚棉衣，结伴滑冰，滑倒了爬起来，爬起来再滑倒，直到棉衣湿了，冻得脸蛋通红方作罢。然后用石头砸下冰块吃，将寒凉的冰块含在口中等融化成水才慢慢咽下，就像吃一颗味道独特的水果糖，不甘心囫囵吞下。下雪后，小溪被白雪覆盖，如一条蜿蜒的白色小蛇蜷缩在河沟中，静待来年春天万物复苏。两岸的树木也光秃秃的了，在风中不停摇摆，仿佛诉说着小溪的历史，等待又一批孩子在溪边度过难忘的童年岁月。

故乡小溪的流水，带走了曾经的童年岁月。夜深人静时，记忆中的小溪，就触动了心弦，也触动了对童年的追忆。我爱童年的那条小溪，因为我一想到它就感觉非常的亲切，就像回到了金色童年的那些快乐时光。

赶
集

在很小的时候，赶集是令我非常期待的事情。常常嚷嚷着跟爷爷和姑姑们去赶集，而由于我还走不了到集镇的十里路，怕要背我，他们总是不领我，说来的时候给我买个"哄儿"。我不知道"哄儿"是个什么东西，常常期盼一整天，爷爷和姑姑们赶集回来，买"哄儿"的事情再不提起，总以买来的一两颗糖打发我。我也无心细究，盼望早点长大，能走动十里路了，亲自去买"哄儿"。

终于长到可以走十里路了，我跟着爷爷去赶集。赶集的路先是一段上坡，我拉着爷爷的手，撅着屁股一点点爬。接下来是平坦的公路，爷爷叫我不要往路中间闯，防车辆撞。到了集市上，街道左边全是平房，里面是一家家商店，还有我喜欢的书店。右边是卖各种小商品和瓜果蔬菜的一个个地摊。赶集的人很多，密密麻麻走在街道中间，刮刮擦擦，摩肩接踵，时不时弯腰低头询问看中商品的价格。有被挤丢了的小孩大声哭着找大人，还有叫卖声，讨价还价声，各种嘈杂的声音汇聚一起，浓浓的人间烟火气息，琳琅满目的小商品，对大人小孩都充满诱惑。我也终于知道买"哄儿"就是哄我呢，爷爷这回没哄我，用零钱给我买了本连环画，我边走边看高高兴兴地回家去了。

后来跟大人赶集成了常态，要爷爷带我去得最多的地方是书店，每次缠爷爷给我买上一本连环画看，渐渐我知道了张仪欺楚、孙膑庞涓以及唐太宗李世民贞观之治等历史故事。再等到长大一点，就能独立赶集了。记得第一次一个人赶集十分紧张，不敢大声问商品价格，不敢正眼看摊贩。我要买的是一幅内容为朱子治家格言的书法中堂。我害羞地问多少钱，人家说两块钱，我也不敢还价，赶紧掏出钱给了，做贼似的匆匆离开了。上了初中，赶集买得最多的是各种学习参考书，买回家去，在明媚阳光的早晨，坐在院子中的桃树下，做书中的一道道练习题，为考中专做努力。奶奶也会骑上小毛驴去赶集，为我买来学习参考书，助力考学。

参加工作后的第一年，一月发一百多元钱的工资。省吃俭用半年，到了年底终于攒了三百块钱，准备为爷爷奶奶买上一台电视机。一个雪后初晴的早上，我踏着熟悉的路去赶集，到集市旁的百货商店，用已经被攥得皱巴巴的钱买了台黑白电视机。这是我平生花钱最多的一次赶集。我用提前准备好的绳子捆绑好电视，背起来踩着厚厚的积雪往家赶。深一脚浅一脚，摔了一跤又一跤。终于在天黑前到了家，还好电视机没有被摔坏，在过年前安装调试好，三十晚上全家人终于高高兴兴地看上了春节联欢晚会。

三十多年过去了，小时赶集的故事至今记忆犹新。去年回老家正好赶上逢集，顺便去转了一下。街道左边的平房变成了楼房，熙熙攘攘的人群望不到边，一家家商店门庭若市，一个个摊点前人头攒动。大人小孩衣着新鲜整齐，年轻妇女更是打扮得花枝招展，每个人脸上笑意充盈，述说着今天美好的生活和小镇日新月异的变化。

中
秋
抒
怀

　　亲爱的你不知现在怎样/夜深人静时你是否把我想/月亮恰似你那甜美脸庞/我想你的时候我只能问月亮——中秋时节，听着歌曲《想你的时候问月亮》，望着天上一轮明月盘，诵读隽美诗句"但愿人长久，千里共婵娟"，默默祝愿天各一方的亲朋好友们安好。

　　一直以来，月亮是人们歌唱的对象，更是音乐借以抒怀的物像。唱《月亮代表我的心》深情表白心爱的人："不要问我爱你有多深，月亮代表我的心"；唱《月亮之上》豪情憧憬自己美好的未来："我在仰望月亮之上，有多少梦想在自由地飞翔"；唱《荷塘月色》，体验"我像只鱼儿在你的荷塘，只为和你守候那皎白月光"的清纯浪漫；听《彩云追月》寄托我们对月宫仙境般轻松写意平凡生活的向往之情……月亮是音乐永恒的主题，人们表达爱情友情亲情的媒介。

月本无情，有情的是我们。月本无心，有心的是我们。古往今来，骚人墨客，无不挥毫泼墨，痴情吟咏。有明月出天山，苍茫云海间的雄豪；一尊还酹江月，人生如梦的醒悟。有春花秋月何时了的无奈；明月松间照，清泉石上流的淡定。更有明月几时有，把酒问青天的豪迈；海上生明月，天涯共此时的博大……月亮，是国人不死的诗魂，少男少女们恋爱时的红娘。

月亮更是中国神话故事的创作源泉。嫦娥奔月是中国上古时代的神话传说，讲述嫦娥偷吃仙药飞上月亮，从此与丈夫后羿天地相隔的故事。中秋节这个中国传统节日便是从嫦娥奔月这则民间传说而来。玉兔捣药：相传有三位神仙变成三个可怜的老人，向狐狸、猴子、兔子求食，狐狸与猴子都有食物可以济助，唯有兔子束手无策。后来兔子说："你们吃我的肉吧！"就跃入烈火中，将自己烧熟，神仙大受感动，把兔子送到月宫内，成了玉兔。吴刚伐桂：相传吴刚在凡间本为樵夫，醉心于仙道，但始终不肯专心学习，因此天帝震怒，把他居留在月宫，并且要求他须把桂树砍倒，才能赦免他的罪过。桂树的高度约五百丈，吴刚每砍完一段时间，桂树便会自动愈合，日复一日，吴刚伐桂的愿望仍未达成，而他也不断地砍下去。吴刚伐桂的传说使得月亮又添加了几个雅致的别名，如"桂月""桂宫""桂轮"等等。

月亮与我们息息相关，于是我们就要祭月亮。记得小时候祭月亮，在院中对着月亮放一小桌，小桌上盛两盘苹果和梨子，爷爷虔诚地点燃香和蜡烛，再烧黄表纸，然后叩头作揖，一边作揖，一边默念：愿月亮神在天保佑我的家人平安，五谷丰登。我们小孩则忙着放炮，放完炮就吃祭奠完月亮的水果，边吃边听大人讲嫦娥奔月的故事，睁大眼睛遥望月亮上隐隐约约的物体形状，想象是不是桂花树和玉兔，想着世上是不是真的会有能奔月的仙药？

长大以后，中秋节放假，吃各种馅的月饼，和亲朋好友聚餐，成为一个轻松愉快的节日。晚上也会学着以前爷爷的做法，祭奠一下月亮。也会透过楼房的窗户，遥望圆圆的月亮。但感觉和小时候的月亮相比，没有那样明亮了，没有那样大了。也许月是故乡明吧，但它仍然是那样的令人容易感怀，令人容易联想，因为它承载的是我们的传统文化，是我们的古老文明，是一直传承的家国情怀，是亘古不变的爱情友情和亲情。无论在哪里，每每看着月亮，都会想起一句诗，一首歌，一个神话传说，会想起远方的亲人，这是中国人共同的精神家园。

海上生明月，天涯共此时，想你的时候问月亮。

地域色彩

金昌之四季歌

"春季到来柳丝长，夏季到来绿满窗，秋季到来荷花香，冬季到来雪茫茫。"听着邓丽君版《四季歌》，我也回眸顾盼生活了三十年的金昌，这里的四季分明，各有美景，各有特色，令人难忘，它也有动人的"四季歌"，于是作文以记之。

（一）春天

金昌的春天来了，人们戴着口罩，急促促行走在大街上。树枝在风中摇曳，仿佛要挣脱树干的束缚，向更高更广的天空奔去。初生的嫩芽依偎在枝头，颤巍巍地吃力地跳起了舞蹈，奋力与风周旋，执着地传递着春天到来的讯息。

风停了。天空的云彩被风荡涤一空，不知了去向。太阳微笑着挂在蔚蓝色的背景上面，射出金色的光芒，落在楼房、树木、人们的脸上，一切看上去仿佛是新生出来的，崭新、明媚、灿烂，生机勃勃。

走进广场、小区，各种花儿竞相开放，姹紫嫣红。鲜黄的迎春花张扬着藏不住的热情，粉色的桃花给人以无穷的美丽的遐想，白里透红的杏花抖落一树的清纯。三三两两的人们徜徉在树下花中，欣赏，拍照，尽情挥洒对春的赞美之意，对生活的热爱之情。

金川公园里，树木下的草坪已经返绿了。淡淡的绿，薄薄的草，青草味混着泥土气息，在微微湿润的空气里生长着。孩子们在上面踢起了足球，还有的三五成群在空地上踢毽子，只见毽子上下翻飞，踢者闪腾挪移，身手矫健，赢得观者一片喝彩声。有音乐爱好者躲一旁悠闲地拉着二胡，更有戏曲爱好者在园内小山上扯着嗓子唱秦腔，粗犷苍凉的腔调回荡在空中，好像要把蛰伏了一冬的憋闷吼出胸腔，迎接春天的通透和敞亮。

金水湖边，垂柳已经染上了绿色，绿柳似帘，嫩嫩的枝条在微微的春风中悠然摇摆，增添了春日里明媚灿烂的色彩。人们或聚集朋友，或全家出动，缓缓骑车在环湖道路上，享受春天的味道。湖内早已知春的野鸭在水中觅食嬉戏。湖边有好钓者早已摆好渔具，静坐待鱼上钩。

风景优美的龙首湖更是休闲踏春的好去处。傍晚，环湖道上，奔走着健步的人群。华灯齐放时，湖光倒影，璀璨夺目，宛如仙境，让人流连忘返，美不胜收……

戈壁滩上，星星点点的梭梭草、骆驼蓬经历了一冬的压抑和严寒的考验，已经显示出生命的顽强不屈，开始泛着淡淡的青色，努力地展现着各自的风采。北部防护林里，排排杨树挺立，像整装待发的士兵，枕戈待旦，时刻警惕着沙尘暴的来袭。

经过多年植树造林，源头治理，金昌的雨水和植被多了，生态正走向良性循环的轨道。金昌的春天风虽仍然多，但沙尘暴少了。

金昌的春天，尽管风景比不上南国的妩媚，但它有自己个性。尽管园林比不上南国的奇妙，但它有自己独特的地方。金昌地下有着丰富的矿产资源，有着丰富的太阳能和风能。只要尊重自然规律，在采矿发电的同时，继续植树造林增加植被，防风御沙，这个戈壁滩上的小城将变得更美丽、更宜居，金昌的春天将永驻。

（二）夏天

有人喜欢生机勃勃的春天，有人喜欢稻谷飘香的秋天，有人喜欢银装素裹的冬天，我却钟情于绿树成荫的夏天，特别是金昌夏天的每时每刻都深深地吸引着我。

金昌的夏天仿佛是一夜之间就来了似的，没有来得及看树木的嫩芽，也没有来得及看花的蓓蕾，周遭马路边，公园里的树木仿佛瞬间郁郁葱葱，垂柳依依，杨树郁郁，楼前花坛里各种颜色的花竞相开放，满目姹紫嫣红。

夏天，金昌的天气仍然多变。眼看着还是艳阳高照，突然，厚厚的云层遮住了太阳，覆盖了天空，一阵疾风刮过，裹挟着豆大的雨点就霎时劈头盖脸砸了下来。地上的行人步履匆匆起来，急忙忙寻找躲雨的场所。路边的树木和花朵点头哈腰，伸出臂枝，急切地啜饮着从天而降的甘露。不一会儿，雨点在地面的水上急骤地溅起水花，一朵，两朵，三朵……越来越多，越来越密集，整个地面都由水花构成了。看样子，要成暴雨了。这时，却见云层渐渐变薄，渐渐被撕裂，太阳重新露出了笑脸，天像被涂了一层蓝色颜料，格外的艳丽，一朵朵云彩也变得洁白如棉絮，映衬得天空更加干净，瓦蓝如洗。

雨停了，走进紫金花卉示范种植基地，这里种植了薰衣草、柳叶马鞭草、鼠尾草等蓝紫色系和向日葵、黑心菊、蛇目菊等金色系的花草，面积有七百多亩。沾着露水的薰衣草，似花非花，似草非草，蕙状花茎上挤着烟紫含着钴蓝的花苞，外面露着轻盈的翅膀般的暖紫花瓣，非常柔软的质感，透着一点微红，出尘的美丽。微风轻轻吹过，仿佛置身于浪漫的紫色海洋之中，独自站在薰衣草花海中，指间传来薰衣草花瓣带来的冰凉触感，散发出淡淡花香。伴着飘香的薰衣草，仰望天空的蔚蓝，不禁想扯一朵五色彩云，挥写一阕华丽的诗篇，刺绣一幅绚绮的画卷，伴着轻轻踩过的脚步，盈盈地弹奏一曲生命最美的乐章。

走上街头，灿烂的阳光当空普照，路旁刺槐成行茁壮成长，一串串白色的槐花缀满枝头，空气中到处弥漫着槐花的香甜味。记得小时候，家里大人将槐花洗干净沥尽水，用适当的玉米面或者小麦面搅拌在一起，然后蒸熟，名叫卜拉子，即可食用。

在宽阔的原野上，透蓝的天空，悬着火球似的太阳，云彩好像被太阳烧化了，也消失得无影无踪。野草丛中，青草和红的、白的、紫的野花，都被高悬在天空的火热的太阳蒸晒着，空气里充满了甜醉的气息，真迷人。

顶着烈日走向茫茫戈壁，极目远望，似乎有一片蓝色的海横亘在面前，以为是海市蜃楼，被它的宽阔所震撼。慢慢走近，原来是光伏发电厂的太阳能硅板，它们一片挨着一片，整齐地排列着，全力吸纳着来自太阳的能量。不远处，一排排风力发电机拔地而起，发电机的叶片迎风旋转，不停地产生着绿色清洁的电能。

金昌的夏天，水是稀缺的。即便如此，在城市，夜幕下，走进公园，总有人造湖泊供人游玩。三三两两，或聚集朋友，或全家出动，坐上小船，荡漾在平静的水面，消暑解困，好一派悠闲自在啊。湖内野鸭袅袅婷婷，在水中觅食嬉戏。湖边有好钓者早已摆好渔具，静坐待鱼上钩。远处华灯初上，照射在水面，岸边景物倒影在水中，上下呼应，如诗如画，好不美哉！

我喜欢金昌的夏天，喜欢它美丽的景色。

（三）秋天

秋，带着阵阵微风悄无声息地走来了。

金昌的秋天没有大风，大多是微风，像俏皮的小孩子，摇一摇树枝，掉落几片树叶。树叶掉进公园的人工湖，惊动了悠闲聚集的鱼群，顷刻间四散而去，留下圈圈涟漪。公园的彩色步道上，落满了金黄的树叶，似铺了一条巨长的毯子。

金昌的秋天也没有大雨，大多是小雨，随风潜入夜，润物细无声，几场秋雨过后，气候变凉，秋作物成熟，在农村，处处流露着丰收的喜悦。城市的各种超市里，各类新收的瓜果早已摆了出来，鲜艳的外观和饱满的果实，吸引着人们选购。

经秋风和秋雨的不断洗礼，树叶变得金黄，远眺北部防护林，片片树木如一幅幅油画树立在天地旷野，美不胜收，置身其间犹如人在画中。来到秋天的金水湖，秋水共长天一色，野鸭戏水，蒹葭苍苍，沙枣金黄，高天流云，碧波荡漾，秋叶微黄。

紫金花海里的马鞭草和薰衣草没有被秋风秋雨摧残，依旧盛开着，一束束紫色的花朵像蓝色的火苗聚成了蓝色的火海，燃烧在秋日湛蓝的天空下，给人以温暖、力量和希望。游人三三两两或步行或骑游览自行车，穿梭于紫色花海，勾画出了一幅人与自然和谐相融的美好画卷。

秋日寒意渐浓。在市区各条街道上，都有一个个身穿红马夹的志愿者，他们在飒飒秋风中，在潇潇秋雨中，或协助维护交通秩序，或捡拾烟头清扫垃圾，为了建设文明城市奉献着，努力着，像一团团红色的火，以星火燎原之势"点燃"了全城人，带动了全城人，使城市变得更加美丽，文明，干净，有秩序。

城市日益美丽，市民更加文明。老人们在天气晴好的日子，纷纷走出家门，聚在小区楼下，沐浴温暖的阳光，说说话，打打牌，唱唱歌，享受恬静的生活。孩子们周末在大人陪同下去公园，去植物园，去玫瑰谷，观湖光山色，赏奇花异草，与天地同在，与美景合影，将秋天的景致与青春年华瞬间定格，装点生活，诗意人生。

"一年好景君须记，正是橙黄橘绿时"。走进自家小菜园，红红的西红柿惹人喜爱，绿油油的油菜十分诱人。一年的操心种养，终于到了收获的时候，不禁成就感十足。

"停车坐爱枫林晚，霜叶红于二月花"。秋天，这多彩的季节，为人们带来了收获，带来了美景，带来了好天气，更带来了好心情，我爱这美丽的秋天，更爱这丰硕的秋天。

金昌秋天的美还有许多——在天空里，在大地上，在人们的心里，它正等着我们在生活中去发现呢。

（四）冬天

金昌的冬天来了，人们都穿起了厚厚的棉衣，把自己包裹得严严实实，只露出两只眼睛，只有走到面前，才能辨出他是谁。草木凋谢，几只麻雀在光秃秃的树枝上跳来跳去，叽叽喳喳叫个不停，寻找着食物。鱼儿不再追逐嬉戏，都悄悄躲在了湖底。冬天的早晨，太阳暖人，老人们就聚集在一起，在楼前空地上下棋玩牌。妇女们一边聊聊天，一边干针线活，时不时传出打闹的欢声笑语，小伙子们则商量着晚上去哪儿小饮。

随着天气变冷，天空开始下雪了。雪花跳着轻盈的舞步，闪闪发光，伸出手接住一片雪花，还没来得及看清它的模样，它便瞬间融化了。一片片，一片片，雪像一把刷子，把大地、屋顶和树木等一切的一切刷成了白茫茫的一片。

雪下得不厚，刚刚能够齐鞋底就停了。孩子们可高兴坏了，穿上厚厚的羽绒服，打雪仗，堆雪人，忙得满头大汗，直喊冻得手脚疼。太阳出来了，孩子们又变得不开心，眼巴巴看着那一个个可爱的栩栩如生的小雪人都慢慢融成雪水流走了。但瞬间又乐了，公园的湖结了厚厚的冰，他们来到安全的冰面，滑起了冰。突然，摔倒了，稍一犹豫，再爬起来接着滑，如此反复，直到不再摔倒，玩得不亦乐乎。还有更小的孩子，只能坐在冰车上，或自己用冰镐滑或由大人推着滑，高兴得手舞足蹈。

此刻，太阳如慈眉善目的老人，乐呵呵的，毫不吝惜地散发出光芒，给街上的行人，路边的树木、行人都镀上了一层刮不掉的金色，而云像一块块融化的牛奶糖黏在天空上。风柔声软语，在这份安详和宁静中，走到田野的深处，和漫天的阳光和泥土融合在一起，仿佛自身变成了一粒土、一棵树。少了玉米等农作物的田野，静悄悄的，给人一种温暖的感觉，让人觉得这广袤的田野就是母亲温暖的怀抱，情不自禁地想在枯草上、田埂上躺下来，看着天空安静地发呆。

金昌冬天的傍晚，天气说变就变，风说来就来，顷刻间，寒风呼呼地咆哮而来，用它那粗大的手指，蛮横地抓行人的头发，针一般地刺行人的肌肤。行人只得将冬衣扣得严严实实的，把手揣在衣兜里，缩着脖子，疾步前行。而大路两旁的松柏，却精神抖擞地挺立着，激励着人们勇敢地前进，传播着希望的气息。

严冬不肃杀，何以见阳春。金昌的冬天是寒冷的冬天，洁白的冬天，有趣的冬天，也是万物积蓄能量，更待来年的冬天。这冬天，予人力量，给人希望，冬天来了，春天还会远吗？

临夏记行

（一）发展变化中的临夏

不唱个花儿者搭不上话，心上的人，唱两声花儿者醉哈。

东山的云彩西山里来，西北风吹给这雨来；

拔草的尕妹们一溜儿，那一个是我的肉儿！

一天里想你着满巷道转，人问是我浪着哩；

一晚系想你着满院子转，人问是我抓贼着哩。

……

临夏回族自治州，是甘肃回族的聚居地，花儿之乡。小时候，回民给我的印象就是十分会经商。我们清水县县城也有比较多的回族居民，他们开的满大街的牛肉面馆生意很好。三年前，我去过一次临夏，但是走马观花，匆匆来，匆匆去。这次又来临夏，游览了东公馆、松鸣岩和砖雕厂等景点，对临夏有了更加深入的了解。

走到临夏宽广的大街上，到处是漂亮的民族建筑，林立的高楼商厦，宽敞的林荫马路，整洁的居民小区，还有小巧玲珑的街心公园，花团锦簇的休闲广场，以及幸福写在脸上的各族同胞。临夏变高、变大、变新、变美，变得让人认不出来了。夜晚，持久平稳的电力供应，使城市霓虹闪亮，星光灿烂。据了解，改革开放以来，临夏的各项经济、社会、民生指标和电网发展都以数倍、数十倍的速度增长，公共财政的阳光越照越亮，社会保障的大网越织越密，在实现了从落后到进步，从封闭到开放，从贫穷到富裕的历史性跨越后，临夏进入了高速成长的黄金期。难怪临夏人美滋滋地说："俺们是吃甘蔗、上楼梯，节节甜、步步高，好日子还在后头哩！"

（二）回族人的爱

我正在感受着临夏的变化，准备写一篇关于临夏的文章，把自己的感悟写出来，也完成这次的采风写作任务。金昌市文明办李主任突然打来电话，说金昌市道德模范事迹报告团就要开讲了，让我通知一下我公司员工马文国，参加报告团，亲身讲述自己的故事。马文国何许人也，他模范在哪儿呢？

马文国，回族小伙，我的同事、同龄人，国家电网金昌供电公司一位普通的员工。他的妻子在一次工作中发生事故，高位截瘫。发生事故至今六年，在二千多个日日夜夜里，他对妻子的爱没有因她身体的残疾而改变和衰减，他始终不离不弃，承担了照顾妻子的吃喝拉撒及家庭所有大大小小事务。他的事迹感动了金昌，被评为金昌市孝老爱亲道德模范，并被授予金昌市"五一劳动奖章"。马文国对妻子的爱就像《穆斯林的葬礼》里面的楚雁潮，对患有心脏病的韩新月爱得深沉而热烈和持久。

说到《穆斯林的葬礼》，它是霍达所著的一部长篇小说，也是我最喜欢的小说。那是初中时候，中央人民广播电台每天下午6点连播《穆斯林的葬礼》，我每天都早早守候在收音机前，急不可待地倾听小说。每天开讲前，都会播放几十秒的小提琴协奏曲《梁祝》，似乎在暗示小说中主人公的命运。的确，小说描写和反映了一个穆斯林家族，六十年间的兴衰，三代人命运的沉浮，两个发生在不同时代、有着不同内容却又交错扭结的爱情悲剧。塑造了梁亦清、韩子奇、梁君璧、梁冰玉、韩新月、楚雁潮等一系列栩栩如生、血肉丰满的人物，展现了奇异而古老的民族风情和充满矛盾的现实生活。

小时候我不懂爱情，但听完小说，我每每荡气回肠，泪流满面，被韩新月和楚雁潮的爱情所打动。那时，我对穆斯林了解不多，但听完小说我也增长了一些见识，了解了回族的饮食习俗、婚嫁习俗和丧葬习俗。我对《穆斯林的葬礼》很迷恋，直到现在，书架上仍然摆放着此书，每隔一段时间都会再读一遍，特别是重温一下楚雁潮和韩新月的爱情：韩新月是回族，深爱着自己的汉族老师楚雁潮。他们之间跨越民族宗教的爱情遭到韩太太等人的强烈反对，但他们俩没有回避仍然互相深爱着，直至韩新月病逝。他们冲破宗教的束缚，在共同的理想与追求中坚持，即使新月来不及看到他们共同奋斗的成果就离开了，他依然每天傍晚在她墓前为她拉小提琴——

　　碧草青青花盛开

　　彩蝶双双久徘徊

　　千古传颂深深爱

　　山伯永恋祝英台

　　……

（三）松鸣岩

　　前后去过两次松鸣岩，一次是几年前，省公司纪检监察会议在临夏召开，第一次目睹松鸣岩的真容，亲身感悟一种原生态的静与景。山脚下没有商业化的味道，没有农家乐的凌乱，满眼处尽是松树、桦树和柔软的青草，各处呈现出一种干净和素雅。耸立云端的庙宇、亭台，猎猎飘扬的经幡、旗帜，看似那么近，却没有登临其间，留了些许遗憾，多了一种高山仰止的感慨。

　　时逢盛夏，文学协会理事会会议在临夏召开，大家乘车前往。沿着兰临高速，一路景色迷人，路边的树木郁郁葱葱，张扬地生长着，遥遥太子山，将绿色延伸成一幅浑然天成的油画，白云旖旎期间，微风吹过，松涛汹涌，十分壮观。

　　松鸣岩因松树风动如擂鼓、似万马奔腾而名，距和政县城20多公里，因秀、因峻、因奇，更因景色天成而为"河州八景"之一。松鸣岩之秀，如处子般，静静地矗立于深山，对面青山如一面梳妆镜端立前方。没有人工雕琢的痕迹，更没有浓妆艳裹的修饰，有的只是一种清纯和返璞归真的亲切。松鸣岩之峻，如斧劈般削立，上山的台阶走势陡峭笔立，依稀有游客或香客拾级而上，星星点点移动在万丈之高。松鸣岩之奇，奇在山峰，峰形奇特，如金刚守法，如骏马奔驰，如达摩面壁。欣赏之余，惊叹于大自然的鬼斧神工。

登高望远，自是另外一番天地。元、明的建筑，古朴典雅，虔诚的香客点燃的香烛散发出淡淡幽香，与山间盛开的花香、清新的空气交融在一起，闻起来心旷神怡、心旌摇荡。对面的青山，云蒸霞蔚，蔚为壮观。登临天王殿仰视诸峰，高如西方顶、南五台等诸峰与白云相接，千年古松直插云端。鸟瞰山谷，三孔桥静卧溪水，稍加装饰的水坝错落有致，缓缓流淌的湖水在太阳下熠熠生辉，明亮又醒目。游客与骏马穿梭其间，为山上的摄影爱好者平添了几分景色，也许我们在不知不觉中也成了山下的一道景色。

沿山而上，红桦、五角枫红色诱人，层林尽染。尚有盛开的花朵点缀其间，幽香淡淡、妖娆妩媚，其色耀眼夺目，其状摄人心魄。圣母殿、肋巴佛殿和达摩殿镶嵌在崖壁。游人或朝拜或焚香，或在山涧小驻与居士聊天，淡定如神仙。一线天的瀑布自天长挂，落在岩石的水珠如玉石般撒落盘间，声脆而亮，飘荡在山谷中，亘古而久远。崖顶的居士多以修身居此，有会摸骨的刘老太，有守护大殿的长者，几元香火钱，他会为你祈祷祝福，送给你舒服受用的祝愿，心情为之大爽。

峰回路转，我们一行没有选择乘滑索下山，沿着古人铺就的青石路，边走边看。下山的风景不比上山的差，走在幽静的山间，谛听着鸟儿的鸣叫，看着一簇簇蓖麻、一棵棵大小不一的松树，在揣测数百年的故事。偶有如我等性情者，微笑示意，颔首问好。人间真情与自然和谐有机地融和，天人合一的景色浑然呈现。

松鸣岩之行，虽然没有过多停留，感悟也在匆匆之间。但远处传来的花儿让我有了更多的留恋。松鸣岩的花儿是河州四大花儿会场之一，我在想象四月花儿会人山人海、身着各民族服饰的歌手一展歌喉的盛况，但愿明年的四月一了心愿！

尕妹妹你者阿里哩，把我哈云里嘛雾里。

峡里头的清水还淌哩，青石头尕磨儿转哩。

心疼哈见了你胡想里，她只能在你的梦里。

峡里的清水者淌哩，青石头尕磨儿转哩。

……

敦煌行

七月，我们一行五十多人，窝在一辆闷热的黄海大轿车里，赶着去敦煌。

至酒泉，老天突降甘霖，旅途的疲惫被夏雨荡涤一空，次日，天气晴好，大伙心情愉快，一路笑声不断。有人请导游黄小姐讲讲王道士，她便侃侃而谈开了，说王圆篆道士最早在莫高窟偶然发现了藏经洞，他从外国冒险家手里接过极少的钱财，让他们把难以计数的敦煌文物一箱箱运走……

倾听王小姐的话，我蓦地想起了余秋雨先生的散文集《文化苦旅》，其中有一篇《道士塔》说：王道士是一个土布棉衣、畏畏缩缩的湖北麻城的农民，是敦煌石窟的罪人！今天，敦煌研究院的专家们只能屈辱地从外国博物馆买取敦煌文献的微缩胶卷，叹息一声，走到放大机前……

"快看，河！"有人惊叫一声，打断了我的思绪。抬头向窗外远远望去，呵，果真好一条宽广的"河"呀，浩浩渺渺，白茫茫一望无际——我第一次见到了海市蜃楼。再仔细看，"河"面隐隐约约似乎有载重的驼队走过，我有些恍惚了，这难道是九十多年前英国人斯坦因运走24箱7000余卷经卷时的情形？

哎，可恨的王道士！

到了敦煌，见各大宾馆张灯结彩，横幅高挂——欢迎参加纪念藏经洞发现100周年国际学术研讨会的学者。我有些纳闷，既然100年前的发现使文物被骗走，是我们的耻辱，为何还要纪念？同行D先生，对敦煌颇有研究，他说，藏经洞发现，文物流失，其辉煌的艺术也随之流散到国外，吸引了不少学者研究莫高窟，形成了一门国际显学——敦煌学，反过来敦煌学的发展，使莫高窟更加闻名于世，从此意义来讲，王圆箓是有过也有功的。我说，这是奇谈怪论，他说，兵马俑也是一个农民偶然发现的，假如他同王圆箓生在一个时代，结果会怎样呢？我哑然。

第二天，我们终于来到了莫高窟，见到了震惊中外的17号窟——藏经洞。工作人员介绍说，藏经洞发现后，王道士曾两次找知县，并骑驴八百多里找道台、学政，要求保护经卷，七年过去了，没有结果，后来斯坦因来了，伯希和来了……他们晃晃悠悠将大批宝物运回本国博物馆，但中国国门是大开的，无人过问；他们在北京将部分卷子装裱，并公开展出，也无人过问。即使政府官员后来知道了其重要性，也不设法保护，只想据为己有，用来卖钱求官，最终使卷子彻底消失，这是敦煌卷子自发现以来最大的劫难。

是啊，在一个连江山社稷都很难保住的朝代，还有什么值得保护呢？

我只有感到悲哀，对王圆箓道士的恨已随风而逝。

站在石窟外，远望阳光下惨白的道士塔，我仿佛看见了圆明园内同样惨白凄凉的大水法遗迹，据资料介绍，圆明园被烧后，还有好多完整的建筑，后来，渐渐的，圆明园的石头、汉白玉砖就一块块被国人拆盗走了，及至成了今天的破败景象……

真乃天作孽，尤可恕，自作孽，不可活！

灞陵桥怀古

到了渭源，听一起的文友说，有一座灞陵桥非常有名，一定要去一睹芳容。于是在农历三月三的下午，沐浴着和煦的春风，来到渭河边，见蓝天白云下，绿树环抱中，一木质拱桥飞跨滔滔渭河之上，如蛟龙腾飞、长虹卧波，气势恢宏，风姿迷人。浑黄浓稠的河水从桥下滚滚流过，轰然作响。它就是被誉为"渭水长虹""千里渭河第一桥"的定西市旅游标志——灞陵桥。

建筑大师茅以升在其《桥梁史》中对灞陵桥的建筑风格、艺术风格赞叹不已，评价仅次于河北的赵州桥。许多达官贵人、文人墨客也都曾为它题联赠匾、撰文留碑、赋诗作词。如陇上书画八大家之一的裴建准题"灞陵桥"，陕甘总督左宗棠七十一岁时题"南谷

源长"，孙中山长子孙科题"渭水长虹"，"当代草圣"于右任题
"大道之行"，沈鹏题"渭水第一桥"等等。一座桥，就这样将王
公统帅、名臣巨子的墨迹揽在怀中，任春秋代序、王朝更迭，它只
让一脉文气、几缕墨香，在渭河的柔波里荡漾又荡漾。

放眼四顾，灞陵桥北依县城，南接老君山，东眺七圣峻岭，西
望露骨险峰，就像一位饱经沧桑的老人傲然苍穹。两岸参差错落的
楼台亭阁，浓密的花草树木，映衬得这座高高在上的虹桥更加典雅
朴厚、巍峨霸气。黑黝黝的大桥，黄澄澄的河水，色彩斑斓的花
园，如梦如幻的远山合成了一幅奇妙多姿的画卷⋯⋯

谁能想到，灞陵桥的诞生却源于一场刀光剑影的战争。那是明
代洪武年间，明朝大将徐达追赶元军守将李思齐兵至渭源，因渭河
暴涨，阻断明军去路，无法继续向西，徐达便命兵士和当地民工用
大笼装石投入河中作桥墩，在其上架木为梁，上铺木板，覆盖泥
土，修建了一座便桥。因这是千里渭河上的第一座桥，又因渭水通
长安绕灞陵，即名为"灞陵桥"。之后徐达派将军冯胜过河，绕道
临洮东峪沟截断元军退路，自己率大军猛攻。李思齐抵挡不住，遂
降。这段历史，在岁月的沧桑烟云中虽已日益暗淡，但它却给婉约
的灞陵桥平添了英雄气，让灞陵桥多了一种秀丽其外、风骨其中的
豪迈风范。

其实铁马冰河、杀伐征战只是灞陵桥生命里一场壮烈的梦。梦
醒后，它又复归于桥的平凡与亲和。"既济行人，复通车马"，数
百年来，灞陵桥用它的身躯连通渭河两岸，默默地接引贩夫走卒、
布衣草民走向家园，回到亲人身边。也许是它不堪重重叠叠脚印车

辙的重负，也许是它看到过太多人世的离合悲欢，它累了，便在渭河的洪水里无言地坍塌。它本想以这种方式在人间消失，但没有它，行人车马即被渭河阻滞，它的重要性已被千百心灵记取。于是缙绅乡民多方捐助，一次次重修灞陵桥。但土木结构的平桥，难以抗拒渭河汹涌的洪峰，以致屡修屡坏，常为乡民忧患。

灞陵桥诞生五百多年来，一直是一座普普通通的平桥。风霜雨雪中，它将涛声激浪埋在心底，独自承受风雨雷电的摧折，默默地接引众生到此岸彼岸。这是一种修炼，也是一种等待，就像姜太公垂钓渭河上，它在等待那个让它重生的人，等待一个华丽转身的契机。

公元1918年，经历五百五十年的等待之后，灞陵桥终于等来了它生命里最重要的两个人——渭源县清源镇柯寨村的能工巧匠何遇江、何遇海兄弟。那一年，他们将主持重修灞陵桥。

兄弟俩从小在灞陵桥边长大，也无数次从灞陵桥上走过。在他们心中，灞陵桥本不该是这番模样，究竟是怎样呢？他们在渭河边久久徘徊，明亮的目光一次次抚过灞陵桥伤痕累累的桥身。突然，他们心中如醍醐灌顶般灵光一现，不约而同想到了兰州雷坛河卧桥那优美的模样，于是一座优美如虹的卧桥便在他们心中定格了。

在何氏兄弟手中，灞陵桥发生了美丽蝶变。普通的平桥一变而为纯木悬臂曲拱单孔廊桥，桥面和桥底以每排十根方木并列为十一组，从两岸桥墩逐次递级飞挑，桥顶为飞檐式灰瓦廊房，共十三间六十四柱，桥两头建有卷棚式桥头屋，四角斗起，脊耸兽飞，雄伟壮观，与桥身浑然一体，凌空舒展，势若长虹，成就了我国桥梁建筑史上的奇迹——全国仅存的一座古典纯木结构卧式悬臂拱桥。

历史涉过了苦难，翻开了崭新的一页。1981年，由于灞陵桥高超的建构艺术和科学价值，被甘肃省列为重点文物保护单位。1984年到1986年省文化厅拨款按照修旧如旧的原则进行了再次维修。2006年6月，灞陵桥被国务院公布为国家重点文物保护单位。

灞陵桥是座历史之桥，英雄之桥，数百年来静静看滚滚渭河东逝水，看浪花淘尽英雄，古今多少事，尽收眼底。今天的灞陵桥以崭新的姿容迎接众人的参观，它蹈历史的烟云而来，无声见证着社会生活发生的翻天覆地的变化，必将继续在历史的篇章中记录一个个不平凡的传奇。

参观完灞陵桥，又来到渭源县博物馆和苏维埃纪念馆：在距今5000多年的马家窑文化彩陶器前凝思；在革命和建设时期牺牲的渭源籍烈士名录前鞠躬默哀；再看看历经风雨，有些斑驳的灞陵桥，方觉今天生活的来之不易。

春色

　　春天的早晨，天空格外的蓝，像一幅蓝色背景的油画，黄灿灿的太阳镶在上面，将一缕缕温暖的金丝线撒下，薄薄的春雪顿时融尽，大地又露出一张婴儿般娇宠的面庞，一切都像刚睡醒的样子，清清新新的。光秃秃的树枝上泛起星星点点的嫩芽，风一吹，在枝头上下作揖，笑盈盈的在叩头作谢，谢春姑娘又让自己站在了春天的舞台上。

　　黄色的迎春花、粉色的桃花、白色的杏花开了。各色的花朵是来做客的春姑娘，柔软的枝叶为它们铺成绿丝毯，春姑娘在绿丝毯上迎着和煦的春风跳起了春的舞蹈，蓝天白云是背景，小鸟欢唱是伴奏，跳出了暖洋洋的春意。

　　湖水清澈如澄，岸边的小屋，湖中小桥倒影其中，清晰可见，远远望去，如一幅水墨画。倒柳俯下柔软曼妙的身姿轻吻着清澈的湖水，忽然远处来一群野鸭，娉娉婷婷戏水面，觅食游玩，悠哉游哉。湖内有游客乘小船慢慢漂荡，欣赏这春天旖旎的湖光水色。

　　田野中，一片片的油菜花盛开，似黄色的毯子将大地覆盖，各色的蝴蝶翩翩起舞，上下翻飞其中，成双成对，浪漫缠绵。勤劳的蜜蜂忙碌在水嫩的花朵上，一点点吮吸着甜蜜。游玩的人们徜徉在花海，一会儿附身闻闻四溢的花香，一会儿摆好姿势和花海合影，定格这美丽的春色。

　　突然的，忽悠悠的，天上下起了淅淅沥沥的春雨。燕子衔泥穿过濛濛春雨去筑春巢，朵朵花儿洗了把脸含羞地闭上了双眼，饥渴的小草也遇到了久盼的甘霖。雨水打在湖面，泛起一层层涟漪，细细密密的，是湖水写给雨丝的感谢信。沐浴在雨中的野鸭扎了一个猛子，惊得远处的白天鹅扑棱棱飞上蓝天。

　　雨停天晴了，太阳如慈眉善目的老人，乐呵呵地笑着，毫不吝惜地散发出光芒，给路上的行人，街边的树木都镀上了一层刮不掉的金色，而云像一块块融化的牛奶糖黏在天空上，风柔声软语。在这份安详和宁静中，寻着春的讯息，来到原野，和漫天的阳光和泥土融合在一起，仿佛自身变成了一粒土、一棵树，使人情不自禁地想在小草上、田埂上躺下来，美美地睡上一觉。

　　远处隐约传来报春鸟声："早种早锄，早种早锄……"辛劳的乡亲们又开始耕种了。他们三三两两，或是播种育秧，或是种豆种瓜，或是清除灌溉渠里的淤泥杂草，忙个不停……田野上处处呈现出人勤春早的景象。

　　人勤春早，花开正好，美好事物总是这么短暂，劝君莫惜金缕衣，劝君惜取少年时，花开堪折直须折，莫待无花空折枝。一年之计在于春，珍惜这美好的春光，乘着这烂漫的春色努力奋发吧。

秋日絮语

秋天到了，暑气慢慢消退，秋意渐浓，风吹到脸上，凉爽宜人，微有一丝寒意。秋风拂过树木，叶子被涂成了红色和黄色，莎啦啦落了一地，铺成一层软软的厚厚的锦毯，踩在上面，软弹软弹的。花的颜色变得淡淡的，如被水洗过，迎合着风的节奏点头哈腰。云彩也被秋风裁得一小块一小块，各种形状地薄薄地挂在天空，飘飘荡荡，悠然自得。阳光已经变得温和了许多，射在皮肤上没有了夏日的灼热感。早晨，人们已经穿上了长袖衣服沐风行走在大街上。

在秋风中度过惬意的几天。天空的云层慢慢变厚，蓝天不见了，燕子在低空飞旋徘徊，捕捉飞虫。先是一点点地试探性地滴几滴雨，等酝酿准备了一两个小时，雨才渐渐下大，雨滴打在车上车变得斑斑点点，不一会湿了地面，街上形成了流水顺坡淌下。雨滴落在湖面，一圈圈的涟漪打破了宁静。饥渴的树木花草吮吸着甘露的滋润，欢快地顺雨势摇摆。有年轻情侣不愿打伞，携手在雨中漫步，享受着难得的秋日浪漫。入夜了，听唰唰的雨声，抱一本闲书，泡一壶清茶，放松一下，悠闲雅致一番，着实增添生活的情趣。

若晴日，天空没有了云彩，如被涂了蓝色油彩，瓦蓝瓦蓝。还没有落叶的树木花草显得格外翠绿。晨练者早早到公园漫步，呼吸雨后新鲜的空气。走到田野，收割后的田地变得静谧温馨，仿佛在悄悄地积蓄着又一个轮回的力量。伸脚踩进留有麦茬的土地，如同踩进一个考试后的考场，不知前者考的结果如何，内心充满好奇与疑问。田埂上，各种野草依旧葳蕤，不知名的野花还在盛开，露珠打在裤腿和鞋子上，很惬意，不觉得寒凉。还没有收的玉米等作物在秋日的阳光雨露中茁壮成长，努力长成人们期待的样子，为辛劳一年的农人献上丰硕的果实。

今天是2021年的处暑节气，标志暑气消退，秋日的凉爽真正来临。季节由浅走向深，由春至秋，一年来到了四分之三的季节。人生也一样，从薄走向厚重。随着年龄的增长，生活和社会给予了我们成长和锻造，不断地丰盈着内心，从而看淡了花开时的欣喜和花落时的惆怅，看惯了起落沉浮和名利，看尽了人情冷暖与世故，感受到了节气的温度与馈赠，感受到了人生的不易与艰辛，更加坚定了走好今后每一步的信心。正如林语堂所说：不管我们走到生命的哪一个阶段，都应该喜欢那一段时光，完成那一段该完成的职责，不沉迷过去，不狂热地期待未来，这样就好！

告别2020年

告别2020年，不能忘记那些前仆后继白衣为甲的天使；

告别2020年，无法忘记那些为保障供电而发生在身边的感动。

和许多人一样，我在对新冠疫情的恐惧中开始了新的一年。从各种媒体的报道中认识了一个个不畏生死的逆行者。他们是榜样，是令人尊敬的英雄。同样，在身边，也有我的同事，他们义无反顾，为电网安全和万家灯火坚守在工作第一线。他们是楷模，是光明使者。2020年马上过去了，有了白衣天使的守护，有了国人的众志成城，肆虐的疫情得以成功控制，一个温暖祥和的新年在不远处等着我们。

告别2020年，不能忘记成千上万冒着被感染风险奋战在工作一线普普通通的劳动者；

告别2020年，无法忘记那些创造精神食粮的文艺工作者。

和许多人一样，2020年的生活是与口罩相伴的。各行各业的人们戴着口罩复工复产，为大众提供了丰富的工作生活和文化产品。作为一个影迷，对影院的恢复放映欣喜若狂，戴着口罩走进影院，连续欣赏了《八佰》《金刚川》《夺冠》《我和我的家乡》《一秒钟》，在被电影剧情感动得热泪盈眶的同时，不禁为电影人在做好疫情防控措施情况下短短时间内拍摄出如此多优秀的电影作品点赞，他们给沉闷的生活带来了希望和灵光。

告别2020年，不能忘记那些为我们提供最真实报道的媒体记者。

告别2020年，无法忘记那些台前幕后的新闻工作者。

我和许多人一样通过电视、报纸、手机了解着疫情防控的进展，认识了一个一个英雄的名字：钟南山、李兰娟、张伯礼、李文亮、刘智民、彭银华，被他们的事迹感动，被他们的事迹激励前行。这离不开各种传统媒体和各类新媒体平台发挥的作用，更离不开众多媒体记者勇往直前，在抗疫一线不顾个人安危采写报道，他们用笔和镜头记录了不同寻常的一段历史，真实再现了一个个伟大的无私奉献的灵魂，书写了媒体人的操守与良知。

告别2020年，不能忘记为写一篇篇的文章而度过的一个个苦思冥想的夜。

告别2020年，不禁为自己取得一点点成绩而高兴。

和许多人一样，我尽力工作，完成工作中各类总结汇报和新闻报道的同时，不忘文学写作，取得了一点点的成绩，写了二十多篇散文，一篇文章获《甘肃工人报》征文三等奖。参加了职称考试，并意想不到地获得通过，这也算是2020年这特殊年份对自己的一个慰藉吧！

让我们告别2020年，迎来又一个新的开始，重新取张干净的白纸，描写出更美好的希望，创造新的历史和成绩！

写给2021年的自己

2021年新年的钟声即将敲响。从明天起，做一个幸福的人/喂马，劈柴，周游世界/从明天起，关心粮食和蔬菜/我有一所房子，面朝大海，春暖花开/从明天起，和每一个亲人通信/告诉他们我的幸福，那幸福的闪电告诉我的/我将告诉每一个人。

2021年的第一缕阳光即将普照大地生灵。新的一年/我会把给我爱的人的诺言/在春天到来的时候开卷/让软软的棉被/晒透家的阳光/让生活的每一分钟/像河流一样/温润季节的流逝/携着希望一同畅想未来。

2021年新的一年人生旅途即将开启。我要/在走不完的路上/在读不完的书里/演绎春夏秋冬的嬗更/感受向上生命的蓬勃生机/学会做一个普通的人/用一颗平常的心/对待美酒和鲜花/善待自己和他人。

2021年春的讯息扑面而来。我要在寂静的夜空/点燃一窜烟花/让梦想如烟花般绚烂/绽放在深远的天边/我迷恋在烟花的美丽里/我还要把希望包在丰硕的种子里/然后种植一万亩春天/让希望随着春天的种子破土，发芽/最终生成灿烂一片/我陶醉在美丽的春天里。

2021年，我仍然要坚持不懈读书。因为/人心如良苗，得养乃兹长。/苗以泉水灌，心以理义养。/一日不读书，胸臆无佳想。/一月不读书，耳目失清爽。

读了《穆斯林的葬礼》，会发现人间的真爱永存/读了梁羽生、金庸，如饭后的一杯香茶，消解倦怠，让心休憩/读了屈原，读了荷马，才发现悲壮亦是美丽，细腻亦是豪放/读了《复活》，读了《茶花女》，才发现在人世底层挣扎着哀伤的魂灵。

2021年，我仍然要坚持用文字记录生活。当第一缕阳光从窗外照入/当鲜花散发着芳香/当春风抚摸着我的脸颊/当河水缓缓地向东流去/当夕阳无限好的景色映入眼帘/就从现在/提起手中的笔/尽情地书写无限的风光/将美丽景色刻在心中。

2021年，我仍然要坚持听歌唱歌，让快乐常伴左右，让美好的音乐丰富精神家园/来自西伯利亚，来自那寒冷的北方/来自青藏，来自那圣洁的雪域高原/是一剂良药/让经久荒芜的灵魂/生意盎然/我的生命不能没有音乐。让我们在美妙的歌声中迎接新年。新年好，好新年，让我们肩并肩，美好的前景已浮现，努力奔向前。

当新年的钟声即将敲响/一切都将铺开新的篇章/美丽的方向/召

唤我奋斗勇往/所有的迷惘/已消失在过去的回廊/曾经的彷徨/全部流入历史的长江/当新年的钟声即将敲响/澎湃起我无限热情高涨/超越自我，斗志昂扬/激励我在高空翱翔。

卷 六

致敬工作生活

人生

人生是什么？人生，一个朴实而深刻的字眼，人生是一个为自己而创造的过程；人生是一个让自己发光发热的瞬间。人生如书，一本深沉厚重的书，一本一辈子才能写完、读完的但并非所有的人都能读懂、写好的书。

婴儿在产房里的第一声啼哭便是书的序言，书的名字就是婴儿的名字。随着时间的流逝，小生命在慢慢长大，人生之书也渐渐成篇，其中有过辉煌，也有暗淡，有成功的足迹，也有歪斜的脚印，欢愉跟泪水同在，激情与失落共存。

写好、读好人生这本书，需要奉献自己的全部精力甚至宝贵的生命。著名的科学家居里夫人，为了"把人生变成一个科学的梦，然后再把梦变成现实",在实验室里耗尽了她所有的精力,终于发现了钋和镭两种放射性元素,实现了她人生的科学梦。世人景仰的英雄奥斯特洛夫斯基,以他无悔的人生,诠释了人生的真谛:"人生是最美好的,就是在你生命停止时,也能以你创造的一切为人民服务"。从"清贫"的方志敏到甘做"小小螺丝钉"的雷锋,从"我自横刀向天笑"的谭嗣同到鞠躬尽瘁、死而后已的焦裕禄,无数仁人志士、革命先烈为国为民呕心沥血,却将个人的安危得失抛之脑后。他们没有置身事外、逃避现实,更不屑于在故弄玄虚的吟唱中显示清高,对人生信仰的不懈追求和对名利得失的淡然处之,构成了他们既光辉、伟大而又平凡、真实的人生。他们之所以能不慕虚荣,淡泊名利,甘于奉献,是因为有着较常人更高的人生追求和精神境界。千千万万像这样献身的人和像这样活着的人,他们真不愧是把人生这本书读懂了、读精了、写好了。

如今,面对市场经济的茫茫大海,一些人由于对人生的迷惘和困惑,把人生当成一场游戏。他们说戏是人写出来的,角色是人扮出来的,真真假假,假假真真,看似真,实是假,以假乱真。对人生这本书不屑一顾,生活中,在金钱和物欲的引诱下,自甘堕落,自觉或不自觉地误入了歧途,造成终身的遗憾。

我们每个人在社会生活实践中都在不知不觉地写自己的人生,也在不知不觉地读自己的人生。无论是工人、农民,还是知识分子、机关干部,尽管职业不同、岗位不同,但所从事的事业都是在实现自己的人生价值。人生价值不能以你是否是科学家、作家和领导者来衡量。环卫工人清扫马路,他给我们的城市带来了洁净的环境，这就是在实现自己的人生价值，平凡中体现出伟大。毕竟当科学家、作家和领导者的是少数人，我们每个人都应该抱着一颗平常心，正确对待个人的得失名利，在任何时候都应该拿得起放得下，在平凡的岗位上去实现人生的自我价值。

在这个复杂的社会环境中，我们每个人都在挣扎中撰写自己的人生。人生这本书，你愿意也好，不愿意也好，都要非写不可的，非要读不可的，而且非要读好、写好不可。

致青春

席慕蓉说："遂翻开那发黄的扉页，命运将它装订得极为拙劣，含着泪我一读再读，却不得不承认，青春是一本太仓促的书。"的确，它无声无息，无色无味，当我们发现时，只有它蹉跎的背影，然后努力地想要抓住它的尾巴，却总是如流沙般滑过指尖。

青春逝去了，一去不复返了，才觉得青春的宝贵。回忆曾经走过年轻之路，唱过的青春之歌，奋斗过的难忘故事，仿佛就在昨天，令人唏嘘，叫人感叹，历历在目……

那时候，青春就是彻夜不眠。在上学时点着蜡烛钻被窝里猛读金庸的《射雕英雄传》《天龙八部》，被郭靖的降龙十八掌和段誉的凌波微步震撼和吸引，欲罢不能；青春就是明明喜欢一个女孩，不敢表白，为她写了一首首只有自己一个读者的情诗；青春就是像高一届的学兄那样用仅有的几毛钱在校门口买几根宏图牌香烟，躲进学校旁的桃林比赛看谁吐的烟圈多且圆；青春就是下班时，不吃不喝不休息，立即赶往录像厅，看24小时不停播的录像，被《英雄本色》中的枪战，《黄飞鸿》中的武打征服，翻来覆去看十几遍仍兴趣不减……

年轻真好，青春无敌！那时候，少年不识愁滋味，为赋新词强说愁，喜欢文学写作，虽然一篇篇拙作投出去都如泥牛入海，但从来没有退缩和放弃过；那时候，刚上班喜欢倒班，因为倒班有大把的可以挥霍的业余时间，可以唱着歌儿去爬山，可以骑着车儿逛大街；那时候，喜欢买书和藏书，看着朋友们借阅我的书，并在宿舍聚会谈论读后感，有点"往来无白丁，谈笑有鸿儒"的感觉，不亦乐乎；那时候，初生牛犊不怕虎，几个从来没有编过杂志的年轻人，硬是编了一本叫《春望》的油印杂志，杂志由单位团委主办，传递青年人的话语和声音……

年轻真好，我们拥抱过青春，我们怀揣过梦想，我们曾经读着汪国真的《年轻真好》激扬文字，指点江山，粪土当年万户侯。我们用千般姿态演绎着青春，又以万种结局而收场，或是美好，或是伤悲，但终究它是我们青春的真实足迹。我们虽然普通，但同样谱写了令人难忘的各具特色的青春之歌！

美好的时光总是容易逝去的，无论怎么想挽留，无论还有多少的事情需要在青春年华里完成，它还是会无情地流走，当感觉青春短暂的时候，其实没有青春让我们挥霍了，已经是乡音未改鬓毛衰！毕竟，青春只是一个过渡，犹如东逝之水。

　　虽然容颜已改，青春已逝，身体不再年轻，但只要拥有一颗永远年轻的心，只要保持对新生事物的兴趣，只要永葆对事业的热情，我们就能够老夫聊发少年狂，迈上人生道路上的一个又一个新的台阶，而这些都和年龄无关。

秧歌队里的电力人

　　单位举办庆祝建党100周年主题歌会，其中有一秧歌表演唱《社会主义好》让人记忆深刻，感触颇深。

　　《社会主义好》是20世纪50年代最流行的革命歌曲。歌曲旋律奋发激昂，高度颂扬了在中国共产党领导下的新中国掀起了社会主义建设高潮的欣欣向荣的繁荣景象，同时唱出了全国各族人民坚决跟定共产党走社会主义道路的坚强决心。我是在改革开放的80年代学会这首歌的，当时就被歌曲描述的积极向上的社会环境和美好情绪所感染。

　　看着台上这些普普通通电力人的《社会主义好》秧歌表演，不禁被他们激情的表演所感动，被他们所表达的对社会主义的热爱之情所感动，被他们所展现的社会主义建设所取得的成绩所感动。透过表演，能感受到这群电力人发自内心的高兴，激动和自豪。特别是为他们切深感受到的电力的巨大发展成就而自豪。

1949年全国电力发电总容量为185万千瓦，年发电量43亿千瓦时。到2019年，全国全社会用电量累计72255亿千瓦时，全国发电装机容201066万千瓦。在社会主义制度下茁壮成长的国家电网，发展到今天，已经在世界五百强企业中排名第二，雄居全球专利排行榜前三名，手上拥有两万多项技术专利。在国际电力领域，有一个出名的段子，说美国电网系统想要搞研发，还要专门学中文去研究中国国际电网标准。

这些光辉成绩的背后，却是包括这群秧歌表演者在内的电力人数十年的卧薪尝胆、艰苦奋斗打造出来的，更是中国特色社会主义制度优越性的体现。

而2020年的新冠疫情更是让我体会到了社会主义制度的优势。疫情之初，全国人民支援武汉，有无数白衣天使、解放军战士驰援武汉，从封城到解封，短短几个月时间，中国集中全国人力，物力，就控制住了疫情，并复工复产。2021年，为彻底战胜疫情，开展疫情接种工作。发挥制度优势，医院、社区、人民群众，密切配合，相互支持，相互理解，截至当年6月底，已经接种12亿剂次，为实现全民免疫奠定了基础。

这群电力人，也为疫情防控和复工复产提供了电力保障。

作为个人，对中国共产党，对社会主义常怀感激之情。因为是社会主义改变了我的命运，使我过上了今天幸福的生活。

　　生在农村的我，20世纪80年代考上了中专，并吃着国家的补助上完了中专，成为一名电力职工，离开农村，过上了城里人的生活。

　　2021年7月1日是中国共产党100周年华诞，而我在2021年7月份将工作满三十年。三十年的工作历程，个人命运和生活发生了翻天覆地的变化，也见证了在党的领导下，社会主义新中国发生的翻天覆地的变化，更深刻体会到了没有共产党就没有新中国，只有社会主义才能发展中国，富中国，强中国。

工作三十年漫记

　　2021年7月21日，我已经工作满三十年了。三十年如白驹过隙，一晃而过，不觉已两鬓白发，跨入知天命之年。

　　想当初，不到21岁，走出校门，走上工作岗位，满怀热情，憧憬未来。被分配到调度所担任调度员。在供电企业，电力调度员是一个很重要角色，他要对电网的运行方式完全熟悉掌握，平时调度电网安全运行，并能够在发生事故的情况下正确处理，确保电网稳定。那时候，调度员的实习期好像有半年，半年时间里，我们跑遍了当时所有35千伏以上的变电站和永昌电厂，熟悉了基本情况。将学校里学到的书本知识与电力实际设备对上了号。实习期满后成了一名正式调度员，可以下令停投电力设备，改变电网运行方式，感觉很了不起，踌躇满志。那时候单身，即使逢年过节回不了家，也不觉得孤单难过。抬头看看明晃晃的电灯，想着这电是我调度的，很是自豪，一切烦恼忧愁皆抛之脑后。

年轻真好，青春无敌。年少时就喜欢上夜班。夜班后有几天的时间可以自由支配。写文章，看录像，和朋友们喝酒。写了好多文章，都没能发表；看了好多录像，现在只记得《英雄本色》；喝了很多酒，只是穿肠而过的一时痛快。真正忧愁的是我的文章得不到发表。偶然得知我电校的一位老师在《甘肃电力报》当编辑，于是给他寄去我的一篇文章，请他斧正，老师修改后予以发表。从此后我好像找着了写作的方向和自信，常常在电力报副刊发表文学作品，并在一次电力报社的征文中获得了一等奖。经常发表文章，就和副刊编辑的秦老师成了朋友。多年过去，很少见面，但每每想起来还是感慨和感恩，是电力报副刊引我走上了爱好文学写作的道路。

发表文章多了，当了四年调度员后，我就被调到了党委工作部当宣传干事，成为一名新闻工作者。刚去，对写新闻、摄影摄像都是外行。于是乎跟上师傅学编报纸，学写新闻稿件，学摄像，学编辑剪辑视频。刚开始连豆腐块文章都写不好，写完以后先请师傅修改，然后向报纸上的范文学习。慢慢写得多了，渐渐入了门。摄像机扛不稳，师傅叫扛机子面对墙练稳定性，一练就是半个小时，直到画面稳定为止。我们企业当时有小报，叫《金供简讯》，我们买了北大方正的排版软件，自己排版，自己打印。由于当时的电脑操作水平有限，且对排版系统不熟悉，常常要熬到深夜才能把一期报纸排完。后来改名叫《金昌供电》，由印刷厂印刷，我负责统稿、改稿和划版。就这样，慢慢的能够独当一面了，成长为了一名真正的宣传干事。当然，付出了就有回报，电力报上每一期都有我的新闻稿和文章，每年都被评为优秀记者和通讯员。

在编写新闻的同时，我也没有忘记文学。我花六千块钱买了电脑，准备在家写作用。记得当时写了一篇叫《如厕》的文章，被《南方周末》刊登。我电校时的班主任看到后，很激动，电话里狠狠地表扬我，让我继续沿着这条路走下去。可是后来不知怎么的，就新闻稿件越写越多，文学稿件越写越少了，今年准备出散文集，整理了一下，才十万字，薄薄的一本。也许因当时的新闻写作任务很繁重，而且我的水平正在不断地适应和提高中，没法把过多的精力投入到文学创作中去。

后来几十年换了几个岗位，但我的主要精力在写工作总结、工作报告、工作汇报上，也没有去认真进行文学创作。当然，总结、报告、汇报写了很多，看着领导念着自己写的稿子，很有成就感。看着自己总结的成效能够得到上级的认可也很自豪，觉得这就是文字工作者的价值所在。看着现在部门努力工作和学习能力强的年轻人，仿佛看到年轻时的自己，不禁要为他们加油。

五十而知天命。知道哪些可为，对人生有意义；哪些不可为，是虚妄的。现在我学着合理分配自己的时间，上班时间努力写报告、写新闻，下班时间写写感悟和散文，尽量使自己的工作和生活合理调配。这样工作才有激情，生活也有乐趣，不乏味。

位卑未敢忘忧国

"位卑未敢忘忧国，事定犹须待阖棺。"这是南宋著名爱国诗人陆游的名句。从字里行间不难看出陆游对祖国的一片赤诚之心，而这也正是我们无论何时何地都必须保持的一种信念——爱国主义精神。

说到爱国，从古至今不知有多少名人典范，从"先天下之忧而忧，后天下之乐而乐"的范仲淹到精忠报国的岳飞；从"恨不抗日死，留作今日羞。国破尚如此，我何惜此头"的吉鸿昌到为中华崛起而读书的周恩来，他们对祖国的感情是何等的坚定执着。他们永远为后人所景仰，所纪念。

如果说这些英雄人物的爱国是饮酒，轰轰烈烈，令人激情澎湃，那么，普通人的爱国犹如品茶，越久越香，回味无穷，让人荡气回肠。

比如新时代的"雷锋"——郭明义；比如永不倒的铁塔——江小金。他们虽人生平凡，地位卑微，却数十年如一日，在自己平凡的岗位上用自己的诚实劳动和聪明才智为祖国的现代化进程贡献力量。国家或单位有困难，他们义不容辞，勇往直前；国家和平、企业稳定发展时，他们埋头苦干，发奋图强。他们以艰苦卓绝的辛勤劳动和忠贞不渝的奉献精神，为民族的生存、发展、振兴，前仆后继，奋斗不息……在他们心中的价值天平上，祖国是最重的砝码，而爱国更体现为一种责任。

20世纪70年代出生的我，看着战争题材的电影长大，那时理解的爱国就是横戈铁马，血洒疆场。我最早阅读的一本小说是《黄继光》，受其影响，战斗英雄成了我幼稚的心中永远闪耀的"明星"，直至现在，我的记忆深处仍清晰地记得"中国人民志愿军特级英雄黄继光……"等诸多战斗英雄的名字。

记得那时，我们的课外活动时间玩得最多的游戏就是"抗美援朝"，泥捏的手雷，纸叠的手枪，木做的大刀，人当作坐骑，"敌我"双方为争夺一块土堆，直杀得尘土飞扬，衣破鼻血流，我们的"黄继光"，每天都会成为"战争"的主宰，率领队伍浩浩荡荡，获胜归来，此时若问诸位长大想做什么，毫无疑问，众口一词——当兵。

孩童时的我们没有真正见过死亡的场景，即便见过，也无法理解死亡和体会死亡给生者带来的伤痛，总以为死亡离我们很远，觉着刺刀见红的肉搏战是战争需要的一种形式而已，幼稚的我们不懂得什么是牺牲，什么是惨烈。

随着年龄的增长和对生活的理解，当亲历过亲人的离去，我才知道什么是死亡，才感受到了死亡的可怕。再看老电影《上甘岭》，倾听插曲《我的祖国》，我仿佛看到那一条波浪滚滚的大河里，翻腾的是红色的浪花。

"为有牺牲多壮志，敢叫日月换新天"。今天祖国的强大和繁荣，是经过十四年抗战、四年解放战争和三年朝鲜战争换来的。期间多少壮士在枪林弹雨中献出了自己年轻的生命，多少战士面对敌人的残忍视死如归。他们杀身成仁，舍生取义，为祖国捐躯，为民族殉节，他们以鲜血染红了中华大地，以铮铮铁骨托起了新中国的太阳！

今天，那些阵亡的数以千万计的战士们的后辈亲人，他们是不是在思念中熬过了一个又一个漫漫长夜；他们是不是在每年清明节洒泪祭英灵；他们是不是时刻都在揉昏花的泪眼，辨认他们年轻的老照片……

国家经历了很长的和平时期，物质高度发展了，有很多人，事事以个人为中心，认为爱国只是军队的事情，与自己毫无干系。受此大环境影响，越来越多的孩子多书卷气，少锐气；多儿女柔情，少刚气。爱国主义教育被分数所代替，爱国主义情怀少之又少。

然而，"苟利国家生死以，岂因祸福避趋之"。爱国是每个人的责任，爱国是不分年龄、地位的。也许我们的孩子就是芸芸众生中很平凡、很普通的一员，但我们仍然要告诉孩子："我虽普通，但我不乏大济苍生的慈悲之心；我虽普通，但我有见义勇为的狭义之心；我虽普通，但我有'不以物喜，不以己悲'的豁达之心；我虽普通，但我有'天行健，君子自强不息'的进取之心；我虽普通，但我有'朝闻道，夕死可矣'的执着之心。"

虽然今天的中国已经逐渐强大，但周边安全形势严峻。假如我们的孩子虽然是普通社会公民的一员，但将来遇到无法避免的事关国家的生死抉择呢？假如我们的孩子虽势单力薄，但将来面临人生前途大事大非的艰难考验呢？他们该如何选择？

我们是不是会告诉孩子生命诚可贵，但还有比生命更宝贵的；我们是不是会告诉孩子死亡固然可怕，但还有比死亡更为可怕的；我们是不是会告诉孩子虽然这是个物质至上的时代，但爱国的精神依然非常重要；我们也是不是会用最古老的那句诗教育孩子——"位卑未敢忘忧国"！

致劳动者

　　对于劳动者来说，劳动创造了人类，劳动创造了快乐，劳动孕育和产生了幸福，它既是物质的，又是精神的，如果失去它，生活会丑陋而苦涩、辛酸而沉重。劳动者，无贫贱高贵之分，只有分工不同。

　　当你坐在汽车享受舒适的流动空间，当你坐在远行的客船享受旅途的潇洒，当你飞上蓝天把世界变小，您可知道劳动的美丽？当你走进饭店、走进商店、走进繁华的商业区，你可知道服务的辛苦？当你走进学校，你可看见知识的闪光，你可听到书与人的交流，你可感受到智力劳动的伟大无比？

　　高尔基说："劳动是世界上一切欢乐和一切美好事情的源

泉"。从茹毛饮血的原始社会到如今科技高度发达、生活水平日新月异的现代社会，人们都离不开劳动。是劳动进化了人类，使人类越来越强大；是劳动改变了世界，使人类的物质越来越丰富，精神越来越充裕。

劳动是汗水，是欢笑，是苦涩，是甜蜜，是给予，更是幸福。有一分劳动，就有一分收获。你给生活付出了多少耕耘，生活就会回报你多少果实，你就会拥有多少快乐与幸福。

《诗经》中那些劳动篇章，就展现着自古以来劳动所带来的幸福和喜悦。听听那《诗经·周南·芣苢》中劳动妇女们采芣苢子时所唱的欢快的歌曲吧。

采采芣苢，薄言采之。采采芣苢，薄言有之。

采采芣苢，薄言掇之。采采芣苢，薄言捋之。

采采芣苢，薄言袺之。采采芣苢，薄言襭之。

欢快的旋律中，洋溢着收获的喜悦，幸福的味道掩盖了采摘的艰辛。在不断重叠的音调中，简单明快、往复回环的音乐感让人感受到劳动的人们面对那越采越多的芣苢时的激动以及满载而归的成就感。

再如《魏风·十亩之间》勾画出一派清新恬淡的田园风光，抒写了采桑女轻松愉快的劳动心情，一幅唯美的桑园晚归图展现在读者面前：

十亩之间兮，桑者闲闲兮。行与子还兮。

十亩之外兮，桑者泄泄兮。行与子逝兮。

夕阳西下，牛羊归栏，炊烟袅袅。十亩之间全是桑园，忙碌了一天的采桑女，成群结队，呼朋唤友。弥漫着笑声的田间，是姑娘们一起回家的快乐身影……

劳动是不容易的，但劳动者不畏艰辛，勇而从之，年复一年，日复一日，日出而作，日落而息，显示了劳动者坚韧不屈的伟大品格。唐诗宋词里不乏描写劳动者的身影和艰辛劳动的场面。

"秋浦田舍翁，采鱼水中宿。妻子张白鹇，结罝映深竹"。秋浦老农除耕种外，还从事捕鱼，以维持生活。为此常在水中住宿，他的妻子为张网捕白鹇，不停地织结罝网，正在编织的大网与翠竹互相辉映。诗人以白描手法，朴实无华的语言，展示出一对老年夫妇辛勤劳动的生活风貌。

"炉火照天地，红星乱紫烟"。炉火熊熊，火星四溅，紫烟蒸腾，天地间红彤彤一片。这是冶炼金属时的绚丽景象，写得极为形象，表现了劳动场面的火热。

"无人无牛不及犁，持刀斫地翻作泥"。没有男人，没有耕牛，难以用犁耕地，只好拿刀砍地，松翻泥土。诗句形象地描绘了由于男儿从军，劳力缺乏，闺女耕地的艰辛情景。

劳动和劳动者是伟大的。劳动使人成为自己的主人，劳动让人拥有幸福的生活，劳动让人懂得了尊重和珍惜。有许多现代文学作品，也歌唱了劳动者和赞美了劳动。

《平凡的世界》就是一部关于劳动的史诗。他让孙少安年纪轻轻去劳动；他让孙少平从一个学生变成揽工汉，又变成煤矿工人；他让失去了双腿的李向前通过劳动获得尊严；他甚至不惜编排王满银周游全国倒卖商品最后一无所获的情节，只为了让他最后幡然醒悟，回家好好地劳动。

从古至今有许多文学作品都赞美劳动，歌唱劳动者，告诉我们，生命的意义在于不停地奋斗，不断地创造。作为一名劳动者，要活到老，干到老，乐到老，让生命在劳动里闪光。

劳动的乐趣

　　小时候，最喜欢跟在大人屁股后面学着干这干那，感觉大人们很了不起，一大片地，半天就挖完了，一大口袋粮食，很轻松就背走了。感觉大人们虽然很苦，但也苦中有乐，望着沉甸甸的麦穗，他们会露出淳朴的笑容，看着茁壮的青青麦苗，眼睛会放射出自豪的光芒。那时候，总盼望着快点长大，尽快像大人们那样去干活，去劳动，去体会其中的乐趣。

　　那还是生产队时期，在大人们忙碌着割麦子的一个早晨，我们几个小孩结伴去拾麦穗。大人们在前面割，我们跟在后面小心翼翼认真地捡拾遗落在麦茬间的麦穗。一会儿，就会拾一把交给大人，大人往往会夸赞几句，这不禁使我们觉得自己很能干，很有成就感，干得越发卖力了。看着一个个金色麦穗经自己手被从遗弃的边缘挽救回来，成了有用之粮，感觉到自己非常了不起，快乐极了。等到休息间隙，我们便把麦芒拔下来放进小伙伴的衣领缝，痒痒他。他越使劲摇头缩脖，麦芒越往衣服下面钻，害得他不得不脱掉上衣来取麦芒，看着光溜溜的狼狈相，大人小孩都哈哈笑成一团。

土地承包到户后，我也长大了，会使用镰刀了，就学着割麦子。左手扶着一丛麦秆，右手握镰刀，镰刀紧贴着麦秆根部，来回往复，一丛丛麦子就倒在了地上。等到割上十几捆麦子，就腰疼得不行了。这时，铺开割倒的麦子，睡在上面，休息片刻，喝上一杯清茶，打开收音机，听一段秦腔，困乏就慢慢地消解了。起身接着割，直干到天黑，才吃喝上毛驴驮上麦捆往麦场赶。看着饱满的丰收的麦子，趁着皎洁的月光，听着踢踏的蹄子声，抓着毛驴尾巴，哼着走在乡间的小路上，一切都是多么美好，深深感觉到辛劳是值得的，劳动是多么快乐的一件事啊。

参加工作后，从事文字工作，便成了一名脑力劳动者，虽不同于体力劳动，但也其乐无穷。经常为写一篇好文章思前想后，兴奋得整夜睡不着，经常为发表一篇文章，乐得饭量大增心情大好。记得那年携妻子兰回清水老家，途经兰州歇住，傍晚我们徜徉亚欧商厦前，蓦的，兰不顾睽睽众目，拦腰抱紧了我，两只眼睛直发亮，她指着阅报栏内甘肃某报上我的一篇叫《爱的浪漫》的文章，说没想到我那么爱她。我亦惊喜之极，我的文章终于发表了，而且是写给兰的，我俩一夜兴奋闲扯未睡，共同翻来覆去絮叨那篇我们爱情见证的文章。

　　现在写的文章越来越多，发表的文章愈来愈多，但每发表一篇，喜悦之情没有丝毫的减少。看着一篇篇文章被印在散发着油墨香的报纸上，忍不住要多看几遍，然后放在书架收藏；看着分享在朋友圈的文章被转发和点赞，犹如自己的孩子被夸赞，无比的快乐和自豪，这是劳动的乐趣，也是劳动者的乐趣。

　　种瓜得瓜，种豆得豆。无论是体力劳动还是脑力劳动，只要付出，就有收获的快乐，只要劳动，就有劳动的乐趣。

妻子养花

妻子一直以来都爱花，也爱养花。

她小时候就喜欢花。小学毕业时，采了一束野花当作离别礼物送给了老师，老师称赞说这是他收到的最珍贵的礼物。在她见过的有限的花的世界里，她认为洋芋花开素雅高洁，十分美好。放假后，她就会来到田间，置身于蓝色的洋芋花海，静听花语，细品花韵。

有一年春天，她突然想在自己家养花。就在院子里面一担一担挑土堆起了一个半米高两米宽的土台，在上面种上十样锦等花卉。两三个月后，种子发芽，幼苗长大，一朵一朵红色、黄色和紫色的花朵欢乐地向她招手。终于有属于自己的花园了，她感觉从未有过的高兴和满足，每天放学后，为了保证花有充足的养料和水分，她就一趟趟辛苦地拾粪和担水，施肥和浇水。她的童年就是养花赏花的童年。

等刚刚结婚时，房子面积小，没有足够大的地方养花，缺少养花经验，只能在不大的窗台养几盆容易养的仙人球和对莲等。经过一年的精心养育，对莲每到过年就会如约盛开，一对对花朵如红色的喇叭摇曳在枝头，甚是好看。花开并蒂，寓意也很是吉祥美好。而仙人球则在我们搬了一次房子后的第三年才第一次开花，白色的花像一管长长的小号馨香扑鼻，花期很短，一天后就凋谢了。

妻子的梦想是有一个小院子，这样她就可以放开手脚，大肆养花了。后来我们有了比较大的一所房子，大阳台，还带一个小花园。她就在七八米长的阳台上，制作了两层花架，在上面养了七十多盆花，一年四季姹紫嫣红，很是好看。

刚开始养的最多的是海棠花。海棠花姿潇洒，花开似锦，素有"花中神仙""花贵妃""花尊贵"之称，宋代诗人苏轼曾作"只恐夜深花睡去，故烧高烛照红妆"来表达自己对海棠花的喜爱之情。海棠花适宜生活在疏松、排水性好，且富含腐殖质的肥沃土壤中。妻子就带上纸箱子和小铲子，到郊区树林里，一铲一铲挖腐殖质土，装在箱子里面抬回家，然后小心翼翼地填进一个个海棠花盆，这样就确保了花的土壤需求。海棠喜欢半阴的环境，对光照十分敏感，如果放在强光直射的地方，很容易就会灼伤叶片。为使花始终鲜艳盛开，在光线强的时候，她就不辞辛劳一盆盆搬到阴凉处，待到太阳光弱，再复归原位。如此日复一日，年复一年，乐此不疲。待到红的、粉的、黄的、白的各种颜色的海棠竞相绽放，映衬得屋子流光溢彩。

后来又养了天竺葵。天竺葵开花时需要消耗大量的养分，花前多施磷钾肥，这样开花较多且颜色艳丽。为了保证开花需要的营养，她开车在农村四处寻找着，弄了四桶羊粪，又叫弟弟从武威拉来了两袋子羊粪，然后将这些羊粪用小锤子砸碎成面状，一层层施进花盆。天竺葵还要及时修剪，在天竺葵的小苗时期，她就开始一支支进行摘心，这样开花的数量多而且艳丽。看着红色的"烈焰红唇"、白色的"夏洛特"、粉色的"公主"一支支开放，鲜艳欲滴，芳香四溢，仿佛置身色彩的海洋，如梦如幻，如醉如痴。

天凉了又养三角梅。她整天都在看网络上直播卖花。先后从东北、河南、广东等地网购回来了各种三角梅。买回来大多都伤了元气，花谢了叶也黄了。她慢慢剪枝、施肥、浇水，悉心伺候。经过一个月后，三角梅又开花了，绿叶橙、浅茄紫、大宫粉、白樱花都开了，仿佛是在五颜六色的夏季，令人心情愉悦。

在家中，常常晃动着妻子养花的身影。她在不停地变化花盆的位置中感受着乐趣，在更换盆土的辛劳里品味着充实，在花开的喜悦里体味着幸福。而我却在妻子的满足中品尝着家的味道……

妻子开直播

　　妻子退休一段时间后，喜欢上了直播，网名王三姐，经过两三个月的努力，收获了4000多个粉丝。如有一天停播，她会感觉浑身不自在，粉丝也纷纷发私信或打电话问为什么停播。

　　当然，她的铁杆粉丝以四五十岁的中老年妇女居多。

　　妻子刚开始不懂直播。她赴深圳专门进行了学习培训，从姿容打扮、直播文字稿的撰写、声音的调节掌控到视频的剪辑都有专门的老师进行辅导。学习一个月后，她开始视频号直播。即使有专门的辅导老师在一旁指导，她觉得直播一小时都是很困难的事，忘词、前言不搭后语、表情僵硬、不知所措。看着没有几个人的直播间，很是失落，几乎没有直播下去的信心了。好在老师叫她相信自己，每次直播前做好充分的准备，尤其要规划好直播的内容，写好直播的文字底稿，做到心中有数，才不会发慌。她按照老师的要求做，循序渐进，慢慢适应了直播的环境，掌握了直播的节奏，信心不断增强，开始形成了自己的直播风格，有了自己的粉丝。

从深圳回来，她完全开始独立直播了。每天早晨5点起床吃早饭，饭后重温一下直播内容，简单地打扮一下，6点半正式开始。她的直播内容是关于健康养生和锻炼身体的，随着欢快有节奏的音乐，她开始领着直播间的粉丝进行全身穴位的拍打，从胳臂到腿，每个重要穴位都用空心掌拍打一遍。用半小时全部穴位拍打结束，她已经是浑身大汗。为了防止着凉，他教粉丝们及时擦拭干净全身的汗。然后开始讲解缓解产后风以及颈椎腰椎等疾病的养生知识。

三个小时的时间内，她边锻炼身体边分享健身和养生的知识和经验，粉丝们也会及时反馈身体状态越来越好或病痛减轻的信息。比如有一个80多岁的老太太，每天坚持不懈跟着她锻炼，不会用手机敲字，就叫女儿帮着她敲字，及时反馈自身的信息和妻子沟通。这样的事例还有很多很多，妻子感觉到自己虽然退休了，但还是个有用的人，时间过得很快，心情也很愉快，连失眠的毛病也没有了。

直播一段时间，随着粉丝的越来越多，她下播以后也要忙着解答直播间无法给粉丝解答的医学问题。更多时间是进别人的直播间，学习借鉴别人直播的方式方法和优点，同时也是互相捧场。随着直播越来越熟悉和顺畅，每天进直播间的人数最多超过1万多人，直播三个小时一直坚守在线的铁杆粉丝也有五六十人。这样，她的直播间人气越来越旺，她的积极性也越来越高，身体状态也越来越好，亲戚朋友都说她看起来越来越年轻了。

如今，妻子已经把直播当成了退休以后的事业，当成了健康身心养成的平台，全身心投入，为他人，也为自己不断播种下健康快乐的种子！

家有花园

我喜欢看戏，戏中尤其喜欢看秦腔《火焰驹》，《火焰驹》中《表花》一折看了无数次，仍意犹未尽。此折唱腔委婉优美，唱词写尽了各样花儿的美："这一旁碧玉生寒仙人掌，那一旁娇容带醉秋海棠。木槿花儿并蒂放，白兰花一朵朵开得赛琳琅。"

一遍一遍看，一遍一遍回味，被戏曲中主人公黄桂英家的花儿吸引着，也喜欢上了她家的花园，羡慕她家有一个琳琅满目，百花争艳，休闲有去处的花园。这也许也是我喜欢看《表花》的原因之一吧。有个小花园也一直以来成为我的一个梦想。

直至2018年搬了新房子，是一楼，带一个小花园，且小花园外的草坪也不怎么长草，遂开辟了一起来种花和种树，满足了我的夙愿。

　　先从十几公里外的农家买了三十几盆育好的月季幼苗，在花园挖小坑将一棵棵幼苗植上，再从武威买来羊粪施在月季苗根部，保证其生长需要的充足的养分。两年的精心养护，今年月季已经有1米多高。到夏天，开出了玫红、绛紫、杏黄等各种颜色的月季花儿，淡淡的香味沁人心脾，引得路人驻足停留观赏。妻子还先后网购了多种月季苗，种植在花园，现在也长得亭亭玉立，开出了紫色和粉色的花，这样一来，五颜六色的月季已经成为花园的主角。

　　两年前，在花园围栏的根部，种植下了蔷薇幼苗。现在蔷薇花藤已经爬满围栏。花季，粉色的蔷薇花一朵朵盛开，围栏成为花墙。粉红的蔷薇散发着一种浪漫的气息，代表着执子之手，与子偕老。这寓意的不仅是人类男女爱情，更是人类与花的生死不离，相伴相依。闲暇，坐在蔷薇花墙下，欣赏满园鲜花，品一壶清茶，读两页闲书，和着花香的清风轻轻钻进鼻孔，拂面而过，令人神清气爽，悠哉乐哉。

　　花园里还有种极易生长而且耐旱的花——蜀葵。把它挪来挪去，它都不死，换个地方依旧盛开。它于六月间麦子成熟时开花，而得名"大麦熟"。也正因此，人们将它盛开的花期，作为麦收的吉日。记得小时候收麦季节，家家干硬的土院子里都有几枝怒放的蜀葵。它愿意在哪落脚就在哪生长下去，高兴开成什么颜色就开成什么颜色。这份肆无忌惮绽放的勇气，让人不注意都不行。我们人何尝不是如此，每一个默默的表情下，都在努力生长，幻想有一天，能同蜀葵一样开出自己坚持的梦想之花。

　　花园不仅有花而且有树。妻子先后在花丛中见缝插针种植上了核桃树、杏树、桃树，李子树，梨树，山楂树。这些树，在春天都会开出满树的各色花儿，引得蝶恋蜂舞，春色一片。夏天，核桃树、杏树、李子树，挂满了果，丰硕的果实垂在枝头，令人垂涎，恨不得马上咬一口。

除了花和树，花园还有菜。今年种上了小油菜、小葱、西红柿和葫芦。西红柿已经结出了一个一个青涩的小西红柿。葫芦藤上一个个指头蛋大小的葫芦吊在上面，如一个个光头小和尚，在微风中来回晃悠，甚是可爱。

家有花园，为生活增添了许多乐趣，也成为我的休闲之地。清晨上班前，在花园赏会儿花，神情俱悦，欢欢喜喜踏上上班之路。晚饭后，搬一把椅子坐在花园，赏一朵朵芳香袭人，美艳夺目的鲜花，看云卷云舒，观月明月暗，不禁觉得生活如此的美好，人生理应生如夏花般绚烂。

童年的梦

　　故乡的从前就像曾流行的一首歌："我的故乡并不美，低矮的草房，苦涩的井水，一条时常干涸的小河，依恋在小村的周围……"

　　童年的我，就如那条小河，静静地做着许多如星移斗转的梦，幻想着有朝一日能像城里人那样活着。当然，这点幻想起因于大人偶尔流露出的无奈和羡慕。他们说城里人就是楼上楼下，电灯电话。这些东西，用我当时的智力和见识，就像今天想象宇宙那样茫然。

　　记得小时候，家里常用的都是昏暗的煤油灯，基本都是自制的，用完墨水的玻璃瓶，装进煤油，上面盖个中空的圆铁片，中间插进一个圆管，塞上灯芯，就是一个最普通的灯盏了。童年的我，就在那昏暗的煤油灯下生活、学习。不时还做做星移斗转的梦，幻想着有朝一日能像城里人在有电灯的环境下生活和学习。直到有一天，远方的大姑姑家通了电，晚上十五瓦的灯泡有如星星点灯，点亮了我被煤油灯熏黑暗淡的幼稚思维。更让我惊喜的是，他们村汽车道班有一台电视，至今记得第一次看的电视剧叫《黄山来的姑娘》。磨面也开始用电了，电磨既便宜又快，磨的面白，不像我们村那台柴油机磨，磨面时声音老大，速度很慢，乡亲们经常排队。电带来的好处，简直让我认为姑姑家就在城里，我也有点快要且将异乡作故乡了，一住半年，从不提回家之事。美梦醒来是现实，爷爷叫我回家，我总是哭闹着反抗。一年之后，终被爷爷哄回家。从此，断了我逃学去姑姑家的念头。只有在月圆的夜晚，望着柔亮的月光，天真地想象着它如果是电灯的光亮……

一天，村子对面的山头上出现了一群人，一根一根立起了电杆。我喜出望外，想着家里马上就能通电了，时常跑去远远看他们立杆、拉线。可是，苦等了几个月，人全走了，电没有进村。大人们说，电是秦安到社棠的，线路打我们村经过。空欢喜一场，我只能继续做着关于电的梦。

直到后来考学报志愿时，我忽然想起十几年来对电灯光亮的迷恋，想起了故乡仍然未通电，故乡的人们仍然在昏暗的煤油灯下生活，想着能为故乡做点什么，填报志愿时就毫不犹豫地签了兰州电力学校。

到中专二年级，爷爷来信说家里通电了，村里人放炮庆祝。梦想终成现实，我不禁喜极而泣，盼望着早点放假回家，亲身体验家里有电的感觉。那年回家过年，三十晚上没睡觉，没关电灯，在明亮的灯光照耀下，看着被闲置一旁的煤油灯和蜡烛，我思绪万千，激动万分，一直"守岁"到天亮。

但是，那时候受线路和变压器限制，供电质量不高，在照明用电高峰，电压严重不足，十几瓦的白炽灯泡，只有中间那么一圈钨丝红着，还动不动就停电。可这也比昏暗的煤油灯亮了许多，在灯光下看书写字，没有烟熏火燎，灯光使得人心里豁亮。傍晚时分，散落在村庄各处人家的灯都亮了起来，一点点黄晕的光，犹如天上的闪闪星辰，给人带来美好的遐思和期盼。

那时电力供应也很紧张，电价相当高，一度电一块多甚至更多。因此，我们家舍不得用电，不仅照明灯的功率用得小，还养成了人进屋才开灯、人离开把灯熄的习惯。看电视也这样，记得我用攒了一年的工资买了一台黑白电视机，背回了家。爷爷奶奶非常高兴，但舍不得用电，白天很少开电视，晚上要等到喜欢看的节目开始才打开电视机。

后来，我作为一名国家电网员工，见证了农村电网建设改造、村村通电、户户通电工程的实施给农村带来的变化。村人们用电不受限制了，家家户户用上了放心电、舒心电。有的人家用上了日光灯。日光灯比起白炽灯，最大的优点是灯光更加柔和，不会刺眼。到晚上，明晃晃的日光灯把各家屋子照得亮如白昼，人们在灯光下幸福生活。不久，村里人又都用上了节能灯，它比日光灯又有了进步，不仅节能，而且不像日光灯整流器那么容易损坏，每更换一次还要爬上爬下那么困难。

有一年我们回老家，在邻居家看见天花板上有盏大吊灯。这盏吊灯是水晶做的，非常漂亮。我按下遥控开关，绽放出耀眼的光芒，营造出一派富丽堂皇的气氛。豪华吊灯将房间照得一片明亮，既照亮了房间里各式各样的家电，也将未来生活照得一片光明。

傍晚，我和妻子出门散步，惊喜地发现村子的道路两旁站着两排漂亮的路灯。妻子问我这是什么灯，我笑着说，这是光伏灯，白天电池利用光伏板充电，夜晚可照明八到十个小时，十分的节能环保！那天傍晚天色由明转暗，道路两旁的路灯就亮了起来，将原本幽暗的村路照得亮如白昼，展现出美丽乡村的一片繁华景象。

从煤油灯、水晶灯到光伏灯的不断变化升级，不同时代的灯，伴着老家亲人们走过七十年的苦乐年华。灯的嬗变历程，折射了国家电力设施的快速发展，更见证了老百姓生活质量的大幅提高。当看着满堂通亮的灯，我的眼里心里就充满了温暖的光明。它在夜里亮着，更在心里亮着。

现在，农村老家几乎不停电，电量供应充足，电压十分平稳。人们最关心的电价也降了，几角钱的电价人们都能承受，还有更便宜的分时电价。即使是生活困难的低保家庭，还有政府的用电补贴。正因为这样，如今农村人家既能安心用电也更舍得用电了。

电也使故乡改变了模样。原来的小黑白电视机早就变成了大彩电，看电视成了日常生活中必不可少的娱乐活动。原来用土锅灶烧草做饭，现在用上了电饭煲、电磁炉、微波炉。吃不完的饭菜也不担心，把它放到冰箱里能保鲜好长一段时间。电让日常生活变得方便简单。可以说，我的故乡正在变得文明进步，不再是昏暗的油灯和苦涩的井水。电给农村老家生活带来的巨大变化真是说不完，而这不正是我们国家七十年不断发展壮大的标志吗？

我和诗词有个约会

今年农历正月里，和儿子一起看央视《中国诗词大会》第二季，边看边跟着答题，答着答着，激活了我自小背诵古诗词的记忆，它们"随风潜入夜，润物细无声"一般慢慢地浸润着我的脑细胞，在无声无息中将我引入一首首古诗词特有的意境。

我和诗词有个约会，诗能叙事。工作，便会想到"日出而作，日入而息"；送友，便会想到"莫愁前路无知己，天下谁人不识君"；思乡，便会想到"乡音未改鬓毛衰"；教子，便会想到"少壮不努力，老大徒伤悲"！

我和诗歌有个约会，诗能言情。在"关关雎鸠，在河之洲，优哉游哉，辗转反侧"中体味爱情的缠绵悱恻；在"海内存知己，天涯若比邻"的诗句里感受友情的真挚;在"慈母手中线,游子身上衣"的诗句中读懂母爱的伟大和细腻。

我和诗词有个约会,诗能励志。"三更灯火五更鸡,正是男儿发奋时"曾激励我争分夺秒,刻苦学习;"千磨万击还坚劲,任尔东西南北风"的诗句鼓舞我在困难和挫折面前没有退缩,在生活和工作中一直积极向前;"乘风破浪会有时,直挂云帆济沧海"更使我坚定了信心,始终相信,只要坚定目标,成功就会越来越近。

我和诗词有个约会,诗中有四季。徜徉在河西春天的田间地头,会感觉"天街小雨润如酥,草色遥看近却无"描写的春天是多么贴切和美好;"绿树阴浓夏日长,楼台倒影入池塘"渲染的是夏日午时前后的迷人景色。"空山新雨后,天气晚来秋。明月松间照,清泉石上流",如一幅秋日山水画,映入眼帘,清新动人。"千山鸟飞绝,万径人踪灭。孤舟蓑笠翁,独钓寒江雪",素描出一幅雪后江山寂静空灵的严冬图像,令人如痴如醉,心向往之。

我和诗词有个约会,牵着诗的手,在属于唐诗宋词的天堂中翱翔。一起与李白"举头望明月,低头思故乡",想象着灯火通明的小村中,一家人团聚的温馨场面;与王维一起去登高,静静品味"独在异乡为异客,每逢佳节倍思亲"的伤感与无奈;与杜甫一起去欣赏"留恋戏蝶时时舞,自在娇莺恰恰啼"的自然风光,培养美好生活情趣。

从诗词中,我看到了美,无与伦比的美,独一无二的美。

陶渊明那"采菊东篱下,悠然见南山"的闲适,我看到了;孔子那"登泰山而小天下"的壮志,我看到了;李白那"桃花潭水深千尺，不及汪伦送我情"的真挚，我看到了；李清照那"物是人非事事休"的惆怅，我看到了。

诗词，你增长了我的知识，丰富了我的情感，让我有机会和那么多古人进行心与心之间的交流，使我的心灵得到净化，精神得到升华。我不后悔当初与你的邂逅，不后悔与你的约会，并将一生与你相约，不见不散。

卷
七

有感而发

如厕

20世纪70年代末，我们那儿农村最普遍的厕所就是一大土坑，美其名曰：茅坑。学校的茅坑每在下课时爆满，坑四周顷刻就如企鹅般蹲下十几二十尊灰头土脸的学生，由于不忍目睹坑内近在咫尺的秽物，个个都挺胸抬头。便后有讲卫生者，等没人时匆匆从墙上搬块土圐圙一擦了事，或就地一蹭而起。有同学叫王向东，受其在县城当工人的父亲影响，惯用纸擦屁股。彼时，纸乃稀贵之物，只能用正反两面写过钢笔字再写完毛笔大楷字后的纸，擦完，屁股黑成一塌糊涂。他因了黑屁股便成为我等顽皮小同学偷窥嬉戏的对象，久而久之，不呼其名，都叫他"黑屁脸"，简称"黑脸"。

到了80年代初，我们农村有了带有便槽和便池的砖砌的茅房。

二叔家也建有一间这样的茅房。堂弟春平五岁，瞌睡极重，加之人小，便槽又宽，蹲便时打盹掉进了便池，幸亏池浅，等捞上来已是浑身粪便，人却没事。为节省金贵的水，二叔就叫狗来舔。可恶这狗，平日里春平便后都是它侍候着舔的屁股，那日不知怎么得罪了它，舔着舔着，竟然咬了春平的小鸡鸡，伤得并不重，只是破了点皮。叔叔一气之下打折了一条狗腿，婶婶给春平的鸡鸡上涂满了花花绿绿的药水，几天后就好了。

80年代末，我进省城读中专，第一次上厕所，进去后看着精美的瓷砖地板、光溜溜崭新的便槽及墙上各种华丽图案，比我们农村最富有人家的住所都豪华，竟不敢用。用吧，又不知道该头朝哪头蹲，最后终于糊里糊涂地蹲下，却又被轰然而下的水吓得提裤欲跑。

去年春节回农村老家，见老家人的厕所比以前精致卫生多了，地面、池槽都铺了瓷砖。我突然感觉世事变化太大了，连如厕这样的事，都见证了岁月的变迁。

关于生病

俗话说"食五谷，生六病"。人生在世，生病是必然的，不生病是偶然的。

可能每个人生的最多的病就是感冒了。我也不例外。

记得小时候，我感冒了头疼，奶奶就讲迷信，叫"查冲气"：端一碗水放在炕上，在碗上横着搭一支筷子，再将两根筷子紧贴横着的筷子竖立在碗中。如果竖着的筷子稳稳站在碗中了，说明有过往的游魂野鬼没钱花了，要钱来了。这时，就要拿出一沓冥票，点燃，在我头顶左右抡几圈，然后放入碗中燃尽，并掐些馍馍渣渣投进碗中的水里面。奶奶口中还念念有词，吃饱了喝足了钱拿上了，从哪里来的就到哪里去。最后，将碗中水倒在门外十字路口，将

"冲气"送走。查完"冲气"，如果还不好，就买着吃叫"安乃近"的一种西药，吃完药，蒙头睡上一觉，出一身汗，一般情况下，感冒就好了。

虽然长大后知道讲迷信治不好病。但小时候却半信半疑。由于缺钱且并不是所有的病都能够药到病除。所以，大多数情况下奶奶的首选是讲迷信。

有一段时间我不好好吃饭，不精神，整天懒洋洋，啥都不想干，学也不想上了。奶奶就去问村上的神婆子，神婆子说娃的魂丢了，赶快叫魂去。回到家，奶奶就领上三个姑姑和我来到门外，从十字路口开始叫魂。奶奶在前面走，手里拿着我的衣服，口里一直叫着瑞文，瑞文，回来！回来！我低头走在奶奶身后，三个姑姑在我身后应着声，回来了回来了！就这样一直叫着应着一路回到家，奶奶让我将她一路拿着的衣服盖在身上，睡上一觉，说明天魂就回来了。第二天不知魂真的回来了没有，我的日子继续。每过几个月，奶奶就给我叫一次魂，还是不见好，后来到镇上找中医开中药，吃了一段时间，病才慢慢好转。

病急乱投医，病多乱想办法。过去，讲迷信是穷人的唯一选择。现在生了病，没钱也是最要命的事情。

病来如山倒，病去似抽丝。面对疾病，不讳疾弃医，采取科学的治病措施，保持足够的耐心，生活才能看到阳光，病才能早日痊愈！

我爱你，金昌的雪

　　金昌下雪了，从25日下午一直飘飘洒洒到后半夜。这也许是2021年的最后一场雪。厚厚的雪将一切染成白色，茫茫的一片。湖面、路面、草坪都像被覆盖上了白色的被子，舒展而柔顺。微信朋友圈变成了雪景的画廊，有视频有图片，将恣意飘洒的雪花和雪后的世界很快展示出来，晶莹剔透的雪景，不由得让人爱上了这金昌的雪。

　　爱它的轻巧。它来得不知不觉，在下午悄悄地轻轻巧巧地来了。不声不响，不经意间留下一个洁白的世界。然后在深夜轻轻地走了，就像得道高僧的圆寂，谁都不打扰。

　　爱它的纯洁。行走在雪中，一片一片菱形的雪花飘落，落在头发上、眉毛上和衣服上，纯白如玉，让人顿生爱意，不忍抖落。雪落在松柏上，成了一树树晶莹剔透的冰雕，美成一幅幅图画。掬一捧白雪舔一口，瞬间融化，冰凉的雪水顺喉而下，甘醇冰爽。小孩子们躺在纯净的雪地上，任意打滚，用身体写大字，不会脏了衣服。

爱它的绵软。踩在厚厚的积雪上，软弹软弹的，咯吱咯吱作响。用软软的雪塑造出形态各异的雪人，立在路边，蹲在草地上，坐在公园的椅子上，是一道道风景。领孩子们在雪地上玩雪球、打雪仗，玩得兴高采烈。绵绵的雪球打在身上，一触即散，不觉得疼。

爱它的无私。雪是短暂的，它是知道自己落下来的命运的，但它仍勇敢地落了下来，化作雪水注入大地河流，灌溉草木，供人饮用，为人们留下一个冰清玉洁的美丽的童话世界，为文人骚客留下千古传诵的关于雪的诗词文章。

爱它的包容。雪将树木、房子、车子等万物都藏在自己的身躯下。雪落在河流上，才有了大河上下顿失涛涛的静美；雪落在地面，包容了人迹，才有了万径人踪灭的独特雪景；雪落在山峦田野，包容了大地，才有了山舞银蛇，原驰蜡象的壮丽景色。

金昌的雪，是轻巧的、纯洁的、绵软的、无私的、包容的。我爱你，金昌的雪！

你幸福吗？

幸福是什么？

幸福，是依偎在妈妈温暖怀抱里的温馨；

幸福，是依靠在恋人肩膀上的甜蜜；

幸福，是抚摸儿女细嫩皮肤的慈爱；

幸福，是注视父母沧桑面庞的敬意。

幸福是什么？

幸福就是不管外面的风浪多大，你都会知道，家里，总有一碗热腾腾的面条等着你。

幸福就是当相爱的人都变老的时候，还相看两不厌。幸福就是可以一直都在一起，合起来的日子是一生一世，从人间到天堂……

幸福就像作家毕淑敏说的：世上有预报台风的，有预报蝗虫的，有预报瘟疫的，有预报地震的，但没有人预报幸福，其实幸福和世界万物一样，有它的征兆。

清晨，旭日东升，温柔的阳光洒向人间，抚摸着我的脸，心，感觉暖暖的。这就是幸福的征兆。

走在小河边，两岸的杨柳随风摆动，鱼儿和鹅卵石正在编制着充满活力的动态画面。这时，小河潺潺的流水声就是幸福的征兆。

幸福的感觉是美好的，幸福的味道是甜美的。只不过它比玫瑰更芬芳，比棒棒糖更甜蜜，比巧克力更浓郁，比咖啡更香醇……

幸福是什么？"幸福是贫困中相濡以沫的一块糕饼，患难中心心相印的一个眼神，父亲一次粗糙的抚摸，女友一张温馨的字条……这像一粒粒缀在旧绸子上的红宝石，在凄凉中愈发熠熠生辉。"

幸福是什么？

其实幸福没有绝对的答案，关键在于你的生活态度。善于抓住幸福的人才懂得什么是幸福。一直以为感受幸福是件很困难的事，那是一种灯火阑珊处的境界。经过岁月的流年以后，才明白，幸福其实很简单，只要心灵有所满足、有所慰藉就是幸福。

幸福往往是因人的感觉而异，与人的经历相关。有的人表面上风光无限，房子、车子、票子、位子样样都有，却经常说生活没劲。有的人看起来一无所有，却有一个积极而健康的心态，在生活中自得其乐。对年轻人来说，享受甜蜜爱情是幸福的；对老年人来说，享受天伦之乐是幸福的。

但有一点可以肯定，幸福不是空洞的、虚无缥缈的，而是平凡而实在的。它们就好比流动的空气、温暖的微风飘荡在我们的周围，触摸不到，但感觉得到。幸福与人的财富多少、地位高低、名望大小这些物质的东西似乎无关，而与人的心境、人的精神紧密相连。浮躁之气和功利之念太重的人，是难以真正体会到幸福的滋味的。

这不能不让人联想到那个颇为经典的故事：老太太的大女儿嫁给了卖雨伞的老板，小女儿当上了洗衣店经理。老太太便天天发愁，雨天担心洗衣店的衣服不干，晴天又担心大女儿家没人买伞。后经高人指点："老太太，您真好福气呀！阴天下雨，您大女儿家买卖兴隆。晴朗无云，您小女儿店里又顾客盈门。您天天都有好消息啊。"天还是那个天，只是思维角度变了一下，老太太生活的色彩便焕然一新。

幸福是母亲给予的爱；幸福是陶渊明"采菊东篱下，悠然见南山"的自得情趣；幸福是白居易"最爱湖东行不足，绿杨荫里白沙堤"的散漫自由；幸福是苏轼"但愿人长久，千里共婵娟"的美好祝愿！

他们点燃星星之火

7月1日，看完电影《1921》，深深被电影中那些青年人为民族独立、国家解放所付出的艰苦卓绝的牺牲和努力所感动，深深被他们所展现出的"为有牺牲多壮志，敢教日月换新天"的大无畏革命精神所感染，也深切怀念那些为寻求真理，探索救国道路而牺牲的革命先烈们。

电影中一个镜头让人深思。李达说起他当初抵制日货，焚烧日货的情景，当他擦着火柴的那一刻，他看见火柴也是日本生产的，感觉到彻底的绝望。偌大的中国连"火种"都没有，说明中国当时的确落后，没有像样的工业体系，连火柴都生产不了，如此薄弱的工业基础要想实现救中国、强大中国的目标谈何容易。同时，更深一层意思也表达了李达对当时中国没有革命"火种"的忧虑，及对早日成立共产党全国组织的期盼。

电影中的一段朗诵让人清醒。李达朗诵了一段我们上学时学过的"世界上本来没有路，走的人多了，便成了路"。告诉大家，世界上没有一种一成不变的成功模式和革命模式以及救国模式，要探索适合自己的道路。还有毛泽东和一群年轻人讨论改变国家面貌所需要的时间，毛泽东说需要三四十年，另外一位说需要一千年，他们还打起了赌，让人不禁为老一辈领导人的远见卓识和自信所倾倒和感叹。

电影中有两段爱情让人倍感甜蜜和美好。李达与王会悟在时局动荡中喜结连理，婚礼仪式分外简单，但当王会悟穿着朴素的白裙从楼梯上走下来的那一刻，美丽而惊艳，衬托出爱情的美好。到后面为了租用博文女校为代表们提供住宿时，李达教不善说谎的妻子一遍一遍练习说谎，又好笑又甜蜜。剧中毛泽东和杨开慧两人月下仰望烟花，聊革命未来，以及雨中杨开慧送毛泽东赴北京参会的场景，浪漫中又带着几分伤感。

电影中一些细节令人感动。印刷厂赶印进步刊物《共产党》，李达匆匆跑进来要工人们校正一处翻译错误。有工人很不理解：将"百姓"改为"人民"，有这么重要吗？李达却坚定地说，"百姓"是泛指，"人民"才是国家的主人。何叔衡讲述参加革命的原因，朴素得令人感动——寒窗苦读的莘莘学子即便科举高中，也只能跪在当权者脚下唯唯诺诺。

在电影中的这些进步的年轻知识分子身上，看到了一颗颗热切又真诚的救国之心，他们从自己的亲身遭遇和过往经历中，从单打独斗的自发式反抗中，慢慢找到了思想武器，找到了组织方式，成立了一个崭新的政党——中国共产党。

《1921》这部电影不仅是对历史的深情回眸，同时也接续了百年前的精神源流：百年前的他们，点燃火种；新时代的我们，共创荣光！

点燃心中一盏明灯

　　为人在世，重要的在于干干净净做事，明明白白地做人。心中始终点燃一盏明亮的灯，就会使自己少犯糊涂，减少错误，更多地获得事业成就，有一个快乐幸福祥和的人生。

　　廉洁之灯最基本的要求就是一个人要有端正的立身处世的原则态度，一个恰当的应对处理事情的把握尺度，一个会算账的安分守己的平和心态。曾听过一个故事，讲的是明朝的开国皇帝朱元璋曾给他的手下人算过一笔账：老老实实地当官，守着自己的俸禄过日子，就好像守着"一口井"，井水虽不满，但可天天汲取，用之不尽。假如心生贪念，守着自己的"井水"还不满足，偏要惦记着"河"里的，甚至"江"里的、"海"里的水，一旦东窗事发，不仅"河"里、"江"里的水不保，就连自己那口井的"井水"也难保。纵观古今中外形形色色的贪官污吏，他们的共同致命弱点就在于守不住自己的那口"井"，他们的心是暗淡无光的，没有廉洁之灯来点亮，因此，当他们的不义之财如江河之水滚滚而来之时，往往就是他们的毁灭之日。

每个人争取自己的正当利益天经地义，但遵守社会法律、社会公德、各种成文不成文的道德规范又是作为人的天然义务，因此，每个人心里都必须有一个应对处理个人与社会集体利益的行为准则，一个把握事物轻重缓急的标尺。这也是照亮人生道路的一盏明灯，它指引你什么事该干能干，什么事不能干，也不该干，好明明白白地做人。

心中有一盏明灯，就守住了人生的希望。随时点亮心中的明灯，就会使自己成为一个明白人，明明白白在人世上走一遭，干干净净工作一生，堂堂正正地活一辈子。

让我们廉洁做人

　　有人说，廉洁是一棵松，在万木凋零的冬日，为人们送上一丝绿意。而我要说，廉洁是一盏灯，在黑暗冰冷的夜晚，为人们添上一份光明，它时刻提醒着我们：在物欲横流的时代里，我们要抵住诱惑，撑住信念，守住清贫，耐住寂寞！

　　悠悠中华五千年的文明史，有多少清正廉洁、务实为民的清官廉吏受到百姓的崇敬与爱戴，他们的形象深入人心，他们的清廉故事被人久久传颂。让我们翻开历史的篇章，看看古人是如何为我们树立典范的："一钱太守"刘宠任东汉会稽太守，为官清廉，为老百姓做了不少好事。离任时，当地百姓筹资千钱相赠，刘太守再三推辞不受，见百姓长跪不起，盛情难却，刘宠只好收下几位老人各一文钱。他出了山阴县界，就把钱投到了江里。故世人称之为"一钱太守"。"二不侍郎"范景公，他历任兵部侍郎、工部尚书、内阁大学士等职，他在自己府门上写道"不受贿，不受馈"；"三汤道台"汤斌，曾任道台，三年为政，两袖清风，每日以豆腐清汤为肴；"四知先生"东汉杨震，任东莱太守时，一日出差途径昌邑，到了晚上县令王密携十金求见，悄悄说道："天黑，无人知晓"，杨震答道："天知、地知、你知、我知，何谓无知"；"五代清郎"袁聿修，他为官五十多年，始终以清贫为本，连一升米的薄礼也没收过。

再看看当代，曾几何时，影片《焦裕禄》让我们泪流满面；你可记得周恩来总理那件佩戴着"为人民服务"徽章的褪了色的中山装……孔繁森、牛玉孺、任长霞……这些新时期党员干部中涌现的先进典型，是我们时代的旗帜，是我们学习的楷模。他们，谱写了党员先进性的动人乐章；他们保持了共产党人的廉洁本色。

有人会说，我们只是一家企业，与地方政府和各级机关相比，廉政、勤政怎么能提到这么高的位置呢？虽然我们身处企业，如果我们不时刻警示自己，不严格要求自己，即便我们在普通的工作岗位，也会在不经意中走上违法犯罪的道路，给企业、给家人、给自己，造成无法弥补的损失。其实，构建廉洁社会的大厦，离不开我们每个行业、每个部门、每个公民的共同努力。我们虽然身处企业，但是企业的腾飞与发展，离不开我们勤奋工作，廉洁从业，恪尽职守。

就让我们大家一起把廉洁放到人生的首位，廉洁做人，无愧此生。

　　这不由使我想起去年公司监察部组织的金昌监狱警示教育活动，三个犯人，职务最高的也就是科级干部，一个是国家公务员，两位是企业管理人员，他们的现身说法让我深深震撼。一个曾经是某公司某一下设租赁公司经理，因为私设、私分小金库，锒铛入狱；另有一个是某国企一名会计，用自欺欺人、掩耳盗铃的方式侵占公款，走进高墙之内。还有一个是某市局原领导，面对金钱、面对即将退居二线，迷失了自己奋斗一生的信仰，轰然倒在金钱关下，面对铁窗，才清醒如初。

　　抛开这些，再看看他们所生活的环境，每天在高墙电网内看不到外面的世界，就连和亲人见面的机会都是少之又少，更不要说是和朋友的交流以及行动的自由，而这些都是一个正常人生活所具备的，离开了这些，生活还有什么意义？

　　古人说："以史为镜，可以知兴衰；以人为镜，可以知得失。"让我们时刻以清廉人物和腐败分子这一正一反两面镜子对照自己，警醒自己，要求自己，以正面镜子为激励，以反面镜子为警示，在一天天的工作中描绘廉洁的人生画卷。那么，我们下班了，我们一定会平顺祥和，因为我们廉洁从业，我们心底坦荡。我们廉洁，我们会以休闲的心情漫步在夕阳西下的田野上、小河边，或低声吟唱"采菊东篱下，悠然见南山"；或放声高歌"长风破浪会有时，直挂云帆济沧海"。

　　廉洁，它就蕴含在妻子温柔的笑脸上，儿女依依的期待中，母亲虔诚的祝福里……

　　抬头仰望天空，太阳每天都是新的，用它那灿烂的笑脸，警醒着地球上来来往往的芸芸众生。让我们常思贪欲之害，常怀律己之心。为守住本分，守住清贫，守住灵魂，守住忠诚，让我们挺起胸膛告诉自己："廉洁之灯伴我前进。"

亲爱的朋友，让我们合力奏响"以廉为荣，以贪为耻"的社会风尚主旋律，使廉洁文化如那润物的春雨，飘洒在祖国的每一个角落；使廉洁文化如那冬日的暖阳，能让发霉的心灵得到晾晒；使廉洁文化成为一面旗帜，能永远飘扬在思想的前沿阵地，让党风廉政建设这棵大树永远根深叶茂，永远绿树常青！